中國現當代散文 읽기

홍석표·구광범 편저

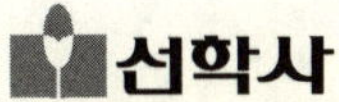
선학사

머리말

　이 책은 대학 교재로 사용하기 위해 만든 중국 현당대 산문선이다. 현대 중국어로 글이 씌어지기 시작한 1919년부터 최근의 1990년대 중반까지 중국의 주요 작가들의 산문을 모았다. 주요 작가들의 글 중에서 좋은 글이라 판단되는 문장을 골라서 편집하고 거기에 어휘풀이를 자세하게 달았으며, 첫머리에 작가 소개를 간략하게 덧붙였다.

　문장을 선별할 때, 문학사에서 차지하는 작가의 무게, 글이 담고 있는 의미내용, 문장의 길이, 중국어의 난이도 등을 고려하였다. 중국 작가들의 수는 헤아릴 수 없이 많으며, 그들이 남겨 놓은 산문의 수 또한 우리의 상상을 초월한다. 이 때문에 한정된 두께를 가지는 한 권의 책 속에 작가들의 주요 작품들을 적절하게 배치하기란 여간 어렵지 않다. 그리고 글을 대하는 개인적인 취향도 크게 다르므로 독자들의 입맛에 꼭 들어맞게 선별하는 일도 무척 어렵다. 다만 여러 해 동안 강의를 해오면서 터득한 문장을 보는 기준에 의거하여 선별하였을 뿐이다. 편저자의 주관적인 생각이 많이 개입되었음은 어쩔 수 없는 노릇이다.

　이 책은 두 가지 방향의 쓰임을 염두에 두었다. 하나는 고급수준의 중국어 교재로 사용하기 위해 편집되었고, 다른 하나는 중국 현당대 작품을 감상하기 위해 편집되었다. 언어 습득을 위한 교재로 사용하더라도 작품으로

의식하고 읽는다면 효과가 훨씬 좋을 것이다. 작품 감상이 주된 목적이라 하더라도 자세한 어휘풀이를 참조하면서 읽는다면 중국어 수준을 크게 향상시킬 수도 있을 것이다.

끝으로, 이 책은 글이 씌어진 시간 순으로 문장을 배치하여 놓았는데, 개별 작가가 가지는 개성적인 문체의 차이뿐만 아니라 20세기 시간의 경과에 따라 진행된 현대 중국어의 문체 변화도 확인할 수 있을 것이다.

2001년 8월 3일
편저자

目次 中國現當代散文 읽기

【现代篇】

庐隐 ………… 月下的回忆(1922) ………… 10

鲁迅 ………… 秋夜(1924) ………… 22

鲁迅 ………… 风筝(1925) ………… 28

朱自清 ……… 背影(1925) ………… 36

周作人 ……… 乌篷船(1926) ………… 44

朱自清 ……… 荷塘月色(1927) ………… 50

丰子恺 ……… 秋(1929) ………… 59

何其芳 ……… 雨前(1933) ………… 69

老舍 ………… 我的理想家庭(1936) ………… 77

林语堂 ……… 论性的吸引力(1941) ………… 86

钱钟书 ……… 说笑(1941) ………… 101

李广田 ……… 两种念头(1941) ………… 111

6

【当代篇】

沈从文 ……… 天安门前(1956) ……………… 122

吴伯箫 ……… 菜园小记(1961) ……………… 131

张洁 ………… 拣麦穗(1979) ………………… 144

巴金 ………… 小狗包弟(1980) ……………… 156

贾平凹 ……… 月迹(1980) …………………… 167

孙犁 ………… 亡人逸事(1982) ……………… 176

丁玲 ………… 曼哈顿街头夜景(1982) ……… 187

田野 ………… 挂在树梢上的风筝(1983) …… 195

杨绛 ………… 老王(1984) …………………… 204

张抗抗 ……… 出售与投资——女性话题之三(1991) …… 214

刘心武 ……… 让风吹过(1992) ……………… 223

徐锦江 ……… 流寓(1994) …………………… 232

現代篇

（1919～1949年）

庐隐 (1898~1934)

月下的回忆

　　여류 소설가, 산문작가이다. 원명은 黃英이며, 福建 閩侯 사람
이다. 1916년 북경여자사범학교를 졸업했다. 1921년부터 소설을
창작하였으며, 文學硏究會에 참가했다. 초기의 작품은 어두운
사회현실을 반영하고 있으며, 다수의 작품이 애정갈등을 묘사하
고 있다. 단편소설집으로는 『海濱故人』(1925년), 『曼麗』(1927),
『靈海潮汐』(1931), 『玫瑰的刺』(1933)가 있고, 중편소설집으로는
『歸雁』(1930), 『女人之心』(1933)이 있고, 장편소설로는 『象牙戒
指』(1930)가 있다. 산문집으로는 『東京小品』(1936), 『火焰』
(1936) 등이 있다.

月下的回忆

庐隐

晚凉的时候，困倦的睡魔都退避了，我们便乘兴登大连的南山，在南山之巅，可以看见大连全市。我们出发的时候，已经是暮色苍茫，看不见娇媚的夕阳影子了，登山的时候，眼前模糊，只隐约能辨人影；漱玉穿着高底皮鞋，几次要摔倒，都被淡如扶住，因此每人都存了戒心，不敢大意了。

到了山巅，大连全市的电灯，如中宵的繁星般，密密层层满布太空，淡如说是钻石缀成的大衣，披在淡装的素娥身上，漱玉说比得不确，不如说我们乘了云梯，到了清虚上界，下望诸星，吐豪光千丈的情景为逼真些。

他们两人的争论，无形中引动我们的幻想，子豪仰天吟道："举首问明月，不知天上今夕是何年？"她的吟声未竭，大家的心灵都被打动了，互相问道："今天是阴历几时？有月亮吗？"有的说十五；有的说十七；有的说十六；漱玉高声道："不用争了！今日是十六，不信看我的日记本去！"子豪说："既是十六，月光应当还是圆的，怎么这时候还没看见出来呢？淡如说："你看那两个山峰的中间一片红润，不是月亮将要出来的预兆吗？"我们集中目力，都望那边看去了，果见那红光越来越红，半边灼灼的天，像是着了火，我们静悄悄地望了些时，那月儿已露出一角来了；颜色和丹沙一般红，渐渐大了也渐渐淡了，约有五分钟的时候；全个圆圆的月儿，已经高高站在南山之巅，下窥芸芸众生了，我们都拍着手，表示欢迎的意思；子豪说："是我们多情欢迎明月？还是明月多情，见我们深夜登山来欢迎我们呢？"这个问题提出来后，大家议论的声音，立刻破了深山的寂静，和夜的消沉，那酣眠高枝的鹧鸪也吓得飞起来了。

淡如最喜欢在清澈的月下，妩媚的花前，作苍凉的声音读诗吟词，这时又在那里高唱南唐李后主的《虞美人》，诵到"故国不堪回首月明中"声调更加凄楚；这声调随着空气震荡，更轻轻浸进我的心灵深处；对着现在玄妙笼月的南山的大连，不禁更回想到三日前所看见污浊充满的大连，不能不生一种深刻的回忆了！

在一个广场上，有无数的儿童，拿着几个球在那里横穿竖冲的乱跑，不久铃声响了，一个一个和一群蜜蜂般地涌进学校门去了；当他们往里走的时候，我脑膜上已经张好了白幕，专等照这形形式式的电影，顽皮没有礼貌的行动；憔悴带黄色的面庞，受压迫含抑闷的眼光，一色色都从我面前过去了，印入心幕了。

进了课堂，里头坐着五十多个学生，一个三十多岁，有一点胡须的男教员，正在那里讲历史，"支那之部"四个字端端正正写在黑板上，我心里忽然一动，我想大连是谁的地方啊？　用的可是日本的教科书——教书的又是日本教员——这本来没有什么，教育和学问是没有国界的，除了政治的臭味——他是不许藩篱这边的人和藩篱那边的人握手以外，人们的心都和电流一般相通的——这个很自然……，"这是那里来的，不是日本人吗？"靠着我站在这边两个小学生在那窃窃私语，遂打断我的思路，只留心听他们的谈话，过了些时，那个较小的学生说："这是支那北京来的，你没看见先生在揭示板写的告白吗？"我听了这口气真奇怪，分明是日本人的口气，原来大连人已受了软化了吗？不久，我们出了这课堂，孩子们的谈论听不见了。

那一天晚上，我们住的房子里，灯光格外明亮；在灯光之下有一个瘦长脸的男子，在那里指手画脚演说："诸君！诸君！你们知道用吗啡培成的果子，给人吃了，比那百万雄兵的毒还要大吗？教育是好名词，然而这种含毒质的教育，正和吗啡果相同……你们知道吗？大连的孩子谁也不晓得有中华民国呵！他们已经中了吗啡果的毒了！……

"中了毒无论怎么样，终久是要发作的，你看那一条街上是西岗子一连有一千余家的暗娼，是谁开的，原来是保护治安的警察老爷，和暗探老爷们勾通地棍办的，警察老爷和暗探老爷，都是吃了吗啡果子的大连公学校的卒业生呵！"

他说到那里，两个拳头不住在桌上乱击，口里不住的诅咒，眼泪不竭的涌出，一颗赤心几乎从嘴里跳了出来！歇了一歇他又说：——

"我有一个朋友，在一天下午，从西岗子路过；就见那灰色的墙根底下每一家的门口，都有一个邪形鹄面的男子蹲在那里，看见他走过去的时候，由第一个人起，连续着打起呼啸来；这种奇异的暗号，真是使人惊吓，好像一群恶魔要捕人的神气；更奇怪的，打过呼啸以后立刻各家的门又都开了；有妖态荡气的妇人，向外探头，我那个朋友，看见她们那种样子，已明白她们要强留客人的意思，只得低下头，急急走过，经过他们门前，有的捉他的衣袖，有的和他调笑，幸亏他穿的是西装，他们不知道他到底是什么来历，不敢过于造次，他才得脱了虎口，当他才走出胡同口的时候，从胡同的那一头，来了一个穿着黄灰色短衣裤的工人；他们依样的作那呼啸的暗号，他回头一看，那人已被东首第二家的一个高颧骨的妇人拖进去了！"

唉！这不是吗啡果的种子，开的沉沦的花吗？

我正在回忆从前的种种，忽漱玉在我肩上击了一下说："好好地月亮不看，却在这漆黑树影底下发什么怔。"

漱玉的话打断我的回忆，现在我不想什么了，东西张望，只怕辜负了眼前的美景！

远远地海水，放出寒栗的光芒来；我寄我的深愁于流水，我将我的苦闷付清光；只是那多事的月亮无论如何把我尘浊的影子，清清楚楚反射在那块白石头上；我对着她，好像怜她，又好像恼她；怜她无故受尽了苦痛的磨折！恨她为什么自己要着迹，若没这有形

的她，也没有这影子的她了，无形无迹，又何至被有

迹的世界折磨呢？……连累得我的灵魂受苦恼……

　　夜深了！月儿的影子偏了，我们又从来处去了。

(选自《中国现代散文精粹类编》上卷，上海文艺出版社1999年出版)

生词

晩凉 [wǎnliáng]	저녁때의 서늘한 기운
困倦 [kùnjuàn]	피곤하여 졸리다
睡魔 [shuìmó]	수마, 지독한 졸음
退避 [tuìbì]	물러나 피하다, 도망가다
乘兴 [chéngxìng]	신이 나다, 흥이 나다
大连 [Dàlián]	(地名) 대련
巅 [diān]	산꼭대기
暮色苍茫 [mùsècāngmáng]	모색이 창연하다, 어둠이 짙어가다
娇媚 [jiāomèi]	요염하다, 교태롭다
隐约 [yǐnyuē]	은은하다, 어슴푸레하다
辨 [biàn]	분별하다, 판별하다
漱玉 [Shùyù]	(人名) 수옥
高底皮鞋 [gāodǐpíxié]	바닥이 두터운 구두
摔倒 [shuāidǎo]	자빠지다, 엎어 넘어지다
淡如 [Dànrú]	(人名) 담여
扶住 [fúzhù]	부축하다, 받쳐주다
戒心 [jièxīn]	경계심
大意 [dàyi]	부주의하다, 소홀하다
中宵 [zhōngxiāo]	한밤중
繁星 [fánxīng]	뭇별
密密层层 [mìmicéngcéng]	빽빽하다
满布 [mǎnbù]	가득 늘어져 있다, 가득 퍼져 있다
钻石 [zuànshí]	다이아몬드, 금강석
缀 [zhuì]	엮다, 장식하다
披 [pī]	(겉옷 따위를) 걸치다

淡装 [dànzhuāng]　　　　　옷을 얇게 입다
素娥 [Sù'é]　　　　　　　항아(嫦娥) *고대 전설에 나오는 선
　　　　　　　　　　　　녀로서 왕모(西王母)의 불사약을 훔
　　　　　　　　　　　　쳐 먹고 달나라로 달아났다 함
云梯 [yúntī]　　　　　　　운제(云梯), 높은 사다리
清虚 [qīngxū]　　　　　　잡된 생각이 없이 마음이 깨끗하다
上界 [shàngjiè]　　　　　천상계
豪光 [háoguāng]　　　　　휘황찬란한 빛
逼真 [bīzhēn]　　　　　　핍진하다, 진실에 거의 가깝다
子豪 [Zǐháo]　　　　　　　(人名) 자호
仰天 [yǎngtiān]　　　　　하늘을 우러러보다
吟 [yín]　　　　　　　　　읊다, 읊조리다
竭 [jié]　　　　　　　　　다하다, 없어지다
打动 [dǎdòng]　　　　　　감동시키다, 마음을 울리다
红润 [hóngrùn]　　　　　　불그스름하다, 불그레하다
预兆 [yùzhào]　　　　　　조짐, 징조
半边 [bànbiān]　　　　　　한쪽, 반쪽, 절반
灼灼 [zhuózhuó]　　　　　반짝거리는 모양, 밝게 빛나는 모양
静悄悄 [jìngqiāoqiāo]　　아주 고요하다, 조용하다
丹沙 [dānshā]　　　　　　단사 *빛이 나는 짙은 홍색의 육방
　　　　　　　　　　　　정계의 광물
窥 [kuī]　　　　　　　　　엿보다, 몰래 살피다
芸芸 [yúnyún]　　　　　　많은 모양, 성한 모양
　　　　　　　　　　　　*芸芸众生 : 불교에서 말하는 살아
　　　　　　　　　　　　있는 모든 중생
多情 [duōqíng]　　　　　　정이 많다, 다정하다
寂静 [jìjìng]　　　　　　　고요하다, 적막하다
消沉 [xiāochén]　　　　　소침하다, 풀이 죽다
酣眠 [hānmián]　　　　　　깊이 잠들다, 숙면하다

鹧鸪 [zhègū]　　자고새

清澈 [qīngchè]　　맑다, 투명하다

妩媚 [wǔmèi]　　(여자·꽃·나무의) 자태가 예쁘고 사랑스럽다, 곱다

苍凉 [cāngliáng]　　처량하다

南唐 [Nántáng]　　남당(南唐)

李后主 [Lǐhòuzhǔ]　　(人名) 이욱(李煜)

《虞美人》[Yúměirén]　　이욱의 작품 *우미인(虞美人)은 초나라 항우(项羽)의 총희였던 우희(虞姬)를 가리킴

诵 [sòng]　　소리 내어 읽다, 낭송하다

不堪 [bùkān]　　참을 수 없다, 견딜 수 없다

凄楚 [qīchǔ]　　슬프고 괴롭다

震荡 [zhèndàng]　　뒤흔들다, 진동하다

浸进 [jìnjìn]　　스며 들다

玄妙 [xuánmiào]　　현묘하다, 심오하다

笼月 [lǒngyuè]　　달빛으로 뒤덮여 있다

污浊 [wūzhuó]　　더럽다, 혼탁하다

横穿竖冲 [héngchuānshùchōng]　　이리저리 뛰고 부딪치다

铃声 [língshēng]　　종소리

蜜蜂 [mìfēng]　　꿀벌

脑膜 [nǎomó]　　뇌막

张 [zhāng]　　펴다, 펼치다, 열다

白幕 [báimù]　　흰 막, 흰 스크린

专等 [zhuānděng]　　일편단심으로 기다리다

顽皮 [wánpí]　　(아이들이) 장난이 심하다

憔悴 [qiáocuì]　　초췌하다, 파리하다

面庞 [miànpáng]　　얼굴 생김새

压迫 [yāpò]　　압박(하다), 억압(하다)

抑闷 [yìmèn]	억눌리어 답답하다
心幕 [xīnmù]	마음속
课堂 [kètáng]	교실
支那 [Zhīnà]	지나 *중국의 다른 이름
端端正正 [duānduānzhèngzhèng]	단정하다, 바르다
臭味 [chòuwèi]	악취
藩篱 [fānlí]	울타리, 담
窃窃私语 [qièqièsīyǔ]	수근거리다
揭示板 [jiēshìbǎn]	게시판
告白 [gàobái]	고시, 광고, 알림
口气 [kǒuqì]	말투, 말씨
软化 [ruǎnhuà]	부드러워지다, 연해지다
瘦长 [shòucháng]	여위고 길다
指手画脚 [zhǐshǒuhuàjiǎo]	(흥이 나서) 손짓 발짓을 하면서 (말하다)
吗啡 [mǎfēi]	모르핀(morphine)
培 [péi]	배양하다, 양성하다
雄兵 [xióngbīng]	강력한 군대, 정예부대
毒质 [dúzhì]	독물, 유독성 물질
发作 [fāzuò]	발작하다
中毒 [zhòngdú]	중독되다
西岗子 [Xīgǎngzi]	(거리 이름) 서강자
一连 [yīlián]	계속해서, 잇달아
暗娼 [ànchāng]	사창(私娼)
暗探 [àntàn]	밀정, 탐정, 사복 형사
勾通 [gōutōng]	결탁하다, 공모하다
地棍 [dìgùn]	(한 지방의) 건달, 불량배
拳头 [quántou]	주먹
诅咒 [zǔzhòu]	저주하다

赤心 [chìxīn]　　　　　　　　　　진심, 참된 마음
歇 [xiē]　　　　　　　　　　　　멈추다, 쉬다
邪形鸩面 [xiéxíngzhènmiàn]　　사악한 모습에 음흉한 얼굴
蹲 [dūn]　　　　　　　　　　　　쪼그리고 앉다, 웅크리고 앉다
打呼啸 [dǎhūxiào]　　　　　　　휘파람을 불다
惊吓 [jīngxià]　　　　　　　　　놀라다, 두려워하다
恶魔 [èmó]　　　　　　　　　　　악마
捕 [bǔ]　　　　　　　　　　　　붙잡다, 체포하다
神气 [shénqì]　　　　　　　　　기운
妖态荡气 [yāotàidàngqì]　　　　아양을 떠는 모습이 넘치다
探头 [tàntóu]　　　　　　　　　고개를 내밀다
衣袖 [yīxiù]　　　　　　　　　　소매
调笑 [tiáoxiào]　　　　　　　　놀리다, 희롱하다
造次 [zàocì]　　　　　　　　　　경솔하다
东首 [dōngshǒu]　　　　　　　　동쪽 끝
颧骨 [quángǔ]　　　　　　　　　광대뼈
沉沦 [chénlún]　　　　　　　　　타락하다, 영락하다
发怔 [fāzhèng]　　　　　　　　　멍해지다, 얼이 빠지다
辜负 [gūfù]　　　　　　　　　　헛되게 하다, 저버리다
寒栗 [hánlì]　　　　　　　　　　진저리, 몸서리
付 [fù]　　　　　　　　　　　　넘겨주다, 부치다, 주다
多事 [duōshì]　　　　　　　　　다사다난하다, 일이 많다
尘浊 [chénzhuó]　　　　　　　　먼지로 혼탁하다
无故 [wúgù]　　　　　　　　　　이유없이, 까닭없이
折磨 [zhémo]　　　　　　　　　　시달림
着迹 [zhuójì]　　　　　　　　　흔적을 남기다
何至 [hézhì]　　　　　　　　　　어찌 …에 이르겠는가
连累 [liánlěi]　　　　　　　　　연루되다, 말려들다

鲁迅 (1881~1936)

秋夜, 风箏

　　문학가, 사상가이다. 원명은 周樹人, 자는 豫才이며, 필명이 魯迅이다. 浙江 紹興 사람으로 몰락한 사대부 가정 출신이다. 1898년부터 南京에서 신식교육을 받았으며, 1902년 관비 유학생으로 일본에 유학하였다. 1905년 일본의 仙臺醫學專門學校를 중태한 후 東京에서 문학운동을 전개하였고, 1909년 귀국하여 교사 및 교육부 직원으로 일했다. 1918년 중국 최초의 근대소설 『狂人日記』를 발표하고, 1921년 중편소설『阿Q正傳』을 발표함으로써 중국의 대표적인 작가가 되었다. 그 후 반봉건적인 단편소설과 현실 비판적인 수많은 雜文을 창작하였으며, 중국문단의 영수로서 수많은 문학논쟁에 참가하였다. 1936년 죽음과 동시에 민족혼이라는 이름이 붙여졌다. 단편소설집으로는 『吶喊』(1923), 『彷徨』(1926), 『故事新編』(1936)이 있고, 잡문집으로는 『熱風』(1925), 『華蓋集』(1926), 『墳』(1927) 등이 있고, 산문집으로는 『野草』(1927), 『朝花夕拾』(1928) 등이 있다.

秋夜

鲁迅

在我的后园，可以看见墙外有两株树，一株是枣树，还有一株也是枣树。

这上面的夜的天空，奇怪而高，我生平没有见过这样的奇怪而高的天空。他仿佛要离开人间而去，使人们仰面不再看见。然而现在却非常之蓝，闪闪地睒着几十个星星的眼，冷眼。他的口角上现出微笑，似乎自以为大有深意，而将繁霜洒在我的园里的野花草上。

我不知道那些花草真叫什么名字，人们叫他们什么名字。我记得有一种开过极细小的粉红花，现在还开着，但是更极细小了，她在冷的夜气中，瑟缩地做梦，梦见春的到来，梦见秋的到来，梦见瘦的诗人将眼泪擦在她最末的花瓣上，告诉她秋虽然来，冬虽然来，而此后接着还是春，胡蝶乱飞，蜜蜂都唱起春词来了。她于是一笑，虽然颜色冻得红惨惨地，仍然瑟缩着。

枣树，他们简直落尽了叶子。先前，还有一两个孩子来打他们别人打剩的枣子，现在是一个也不剩了，连叶子也落尽了，他知道小粉红花的梦，秋后要有春；他也知道落叶的梦，春后还是秋。他简直落尽叶子，单剩干子，然而脱了当初满树是果实和叶子时候的弧形，欠伸得很舒服。但是，有几枝还低亚着，护定他从打枣的竿梢所得的皮伤，而最直最长的几枝，却已默默地铁似的直刺着奇怪而高的天空，使天空闪闪地鬼睐眼；直刺着天空中圆满的月亮，使月亮窘得发白。

鬼睐眼的天空越加非常之蓝，不安了，仿佛想离去人间，避开枣树，只将月亮剩下。然而月亮也暗暗地躲到东边去了。而一无所有的干子，却仍然默默地铁似的直刺着奇怪而高的天空，一意要制他的死命，不管他各式各样地睐着许多蛊惑的眼睛。

哇的一声，夜游的恶鸟飞过了。

我忽而听到夜半的笑声，吃吃地，似乎不愿意惊动睡着的人，然而四围的空气都应和着笑。夜半，没有别的人，我即刻听出这声音就在我嘴里，我也即刻被这笑声所驱逐，回进自己的房。灯火的带子也即刻被我旋高了。

后窗的玻璃上丁丁地响，还有许多小飞虫乱撞。不多久，几个进来了，许是从窗纸的破孔进来的。他们一进来，又在玻璃的灯罩上撞得丁丁地响。一个从上面撞进去了，他于是遇到火，而且我以为这火是真的。两三个却休息在灯的纸罩上喘气。那罩是昨晚新换的罩，雪白的纸，折出波浪纹的叠痕，一角还画出一枝猩红色的栀子。

猩红的栀子开花时，枣树又要做小粉红花的梦，青葱地弯成弧形了……。我又听到夜半的笑声；我赶紧砍断我的心绪，看那老在白纸罩上的小青虫，头大尾小，向日葵子似的，只有半粒小麦那么大，遍身的颜色苍翠得可爱，可怜。

我打一个呵欠，点起一支纸烟，喷出烟来，对着灯默默地敬奠这些苍翠精致的英雄们。

(选自《鲁迅全集》第二卷，人民文学出版社1981年出版)

生词

后园 [hòuyuán]	후원, 뒤뜰
枣树 [zǎoshù]	대추나무
仰面 [yǎngmiàn]	얼굴을 위로 들어올리다, 고개를 뒤로 젖히다
睒 [shǎn]	눈을 깜박이다 *(=眨[zhǎ])
深意 [shēnyì]	깊은 뜻
繁霜 [fánshuāng]	된서리
洒 [sǎ]	뿌리다
野花草 [yěhuācǎo]	야생 화초
细小 [xìxiǎo]	아주 작다
粉红花 [fěnhónghuā]	분홍꽃
瑟缩 [sèsuō]	움츠리다
花瓣 [huābàn]	꽃잎
胡蝶 [húdié]	나비
春词 [chūncí]	봄노래, 봄소식
惨惨 [cǎncǎn]	초췌한 모양, 파리한 모양
打剩 [dǎshèng]	따고 남다
枣子 [zǎozi]	대추
干子 [gànzi]	줄기
弧形 [húxíng]	활 모양
欠伸 [qiànshēn]	기지개를 켜며 하품하다
低亚 [dīyà]	낮게 드리우다
护定 [hùdìng]	조리하다, 어루만지다
竿梢 [gānshāo]	장대 끝
皮伤 [píshāng]	피부 상처

直刺 [zhícì]　　　　　찌르다

鬼眨眼 [guǐshǎnyǎn]　눈을 깜박거리다, (별이) 깜박이다

窘 [jiǒng]　　　　　난처하게 하다, 곤란하게 하다

发白 [fābái]　　　　(얼굴이) 창백해지다

越加 [yuèjiā]　　　더욱, 한층

离去 [líqù]　　　　떠나가다

避开 [bìkāi]　　　피하다, 비키다

剩下 [shèngxia]　남겨 놓다, 남다

一无所有 [yīwúsuǒyǒu]　가진 것이 전혀 없다

一意 [yīyì]　　　오로지

制死命 [zhìsǐmìng]　죽음으로 몰아넣다, 죽음으로 몰다

蛊惑 [gǔhuò]　　고혹시키다, 미혹시키다

哇 [wā]　　　　(새의 울음소리) 까악, 꽥

夜游 [yèyóu]　　밤에 노닐다

恶鸟 [èniǎo]　　악조, 불길한 새

吃吃 [chīchī]　　(웃음 소리) 키득키득

惊动 [jīngdòng]　놀라게 하다, 놀라 깨우다

应和 [yìnghè]　　(소리·말·행동이) 호응하다, 맞장구
치다

即刻 [jíkè]　　　즉각, 곧

听出 [tīngchū]　들어서 알다

驱逐 [qūzhú]　　쫓아내다, 몰아내다

带子 [dàizi]　　　(등불의) 심지

旋高 [xuángāo]　돌려서 높이다

丁丁 [dīngdīng]　(물건이 부딪치는 소리) 딱딱, 댕그
랑 댕그랑

飞虫 [fēichóng]　날벌레

撞 [zhuàng]　　부딪치다, 충돌하다

许是 [xǔshì]　　아마 (…일지 모른다), 혹시 (…일

것이다)

破孔 [pòkǒng]	터진 구멍, 뚫린 구멍
灯罩 [dēngzhào]	등갓, 등피
纸罩 [zhǐzhào]	종이 등피
喘气 [chuǎnqì]	헐떡거리다, 숨차다
折 [zhé]	접다
波浪纹 [bōlàngwén]	물결(파도) 무늬
叠痕 [diéhén]	접은 자국, 주름
猩红色 [xīnghóngsè]	선홍색
栀子 [zhīzi]	치자나무
青葱 [qīngcōng]	(풀·나무가) 짙푸르다
弯 [wān]	구부리다, 굽히다
砍断 [kǎnduàn]	잘라버리다, 잘라내다
心绪 [xīnxù]	생각, 마음
青虫 [qīngchóng]	파란 벌레
向日葵子 [xiàngrìkuízǐ]	해바라기 씨
小麦 [xiǎomài]	밀
遍身 [biànshēn]	온몸, 전신
苍翠 [cāngcuì]	검푸르다
打呵欠 [dǎhēqian]	하품하다
喷出 [pēnchū]	뿜어내다
敬奠 [jìngdiàn]	삼가 조의를 표하다
精致 [jīngzhì]	세밀하다, 정교하다

风筝

鲁迅

北京的冬季，地上还有积雪，灰黑色的秃树枝丫叉于晴朗的天空中，而远处有一二风筝浮动，在我是一种惊异和悲哀。

故乡的风筝时节，是春二月，倘听到沙沙的风轮声，仰头便能看见一个淡墨色的蟹风筝或嫩蓝色的蜈蚣风筝。还有寂寞的瓦片风筝，没有风轮，又放得很低，伶仃地显出憔悴可怜模样。但此时地上的杨柳已经发芽，早的山桃也多吐蕾，和孩子们的天上的点缀相照应，打成一片春日的温和。我现在在那里呢？四面都还是严冬的肃杀，而久经诀别的故乡的久经逝去的春天，却就在这天空中荡漾了。

　　但我是向来不爱放风筝的，不但不爱，并且嫌恶他，因为我以为这是没出息孩子所做的玩艺。和我相反的是我的小兄弟，他那时大概十岁内外罢，多病，瘦得不堪，然而最喜欢风筝，自己买不起，我又不许放，他只得张着小嘴，呆看着空中出神，有时至于小半日。远处的蟹风筝突然落下来了，他惊呼；两个瓦片风筝的缠绕解开了，他高兴得跳跃。他的这些，在我看来都是笑柄，可鄙的。

　　有一天，我忽然想起，似乎多日不很看见他了，但记得曾见他在后园拾枯竹。我恍然大悟似的，便跑向少有人去的一间堆积杂物的小屋去，推开门，果然就在尘封的什物堆中发见了他。他向着大方凳，坐在小凳上；便很惊惶地站了起来，失了色瑟缩着。大方凳旁靠着一个胡蝶风筝的竹骨，还没有糊上纸，凳上是一对做眼睛用的小风轮，正用红纸条装饰着，将要完工了。我在破获秘密的满足中，又很愤怒他的瞒了我的眼睛，这样苦心孤诣地来偷做没出息孩子的玩艺。我即刻伸手折断了胡蝶的一支翅骨，又将风轮掷在地下，踏扁了。论长幼，论力气，他是都敌不过我的，我当然得到完全的胜利，于是傲然走出，留他绝望地站在小屋里。后来他怎样，我不知道，也没有留心。

　　然而我的惩罚终于轮到了，在我们离别得很久之后，我已经是中年。我不幸偶而看了一本外国的讲论儿童的书，才知道游戏是儿童最正当的行为，玩具是儿童的天使。于是二十年来毫不忆及的幼小时候对于精神的虐杀的这一幕，忽地在眼前展开，而我的心也仿佛同时变了铅块，很重很重的堕下去了。

　　但心又不竟堕下去而至于断绝，他只是很重很重地堕着，堕着。

　　我也知道补过的方法的：送他风筝，赞成他放，劝他放，我和他一同放。我们嚷着，跑着，笑着——然而他其时已经和我一样，早已有了胡子了。

　　我也知道还有一个补过的方法的：去讨他的宽恕，等他说，"我可是毫不怪你呵。"那么，我的心一定就轻松了，这确是一个可行的方法。有一回，我们会面的时候，是脸上都已添刻了许多"生"的辛苦的条纹，而我的心很沉重。我们渐渐谈起儿时的旧事来，我便叙述到这一节，自说少年时代的胡涂。"我可是毫不怪你呵。"我想，他要说了，我即刻便受了宽恕，我的心从此也宽松了罢。

　　"有过这样的事么？"他惊异地笑着说，就像旁听着别人的故事一样。他什么也不记得了。

全然忘却，毫无怨恨，又有什么宽恕之可言呢？无怨的恕，说谎罢了。

我还能希求什么呢？我的心只得沉重着。

现在，故乡的春天又在这异地的空中了，既给我久经逝去的儿时的回忆，而一并也带着无可把握的悲哀。我倒不如躲到肃杀的严冬中去罢，——但是，四面又明明是严冬，正给我非常的寒威和冷气。

(选自《鲁迅全集》第二卷，人民文学出版社1981年版)

生词

积雪 [jīxuě]	쌓인 눈, 적설
秃 [tū]	(나무가 잎이 떨어져서) 앙상하다, 벌거숭이다
丫叉 [yāchà]	(나무 가지가 둘로) 갈라지다 *(=桠杈)
晴朗 [qínglǎng]	쾌청하다, 맑다
风筝 [fēngzhēng]	연
沙沙 [shāshā]	(의성어) 쏴쏴, 사각사각
风轮 [fēnglún]	바람개비, 풍차
仰头 [yǎngtóu]	머리를 들다, 고개를 들다
蟹 [xiè]	게
嫩 [nèn]	(색깔이) 연하다, 엷다
蜈蚣 [wúgōng]	지네
伶仃 [língdīng]	고독하다, 의지할 곳 없다
憔悴 [qiáocuì]	초췌하다, 파리하다
发芽 [fāyá]	싹이 트다, 발아하다
吐蕾 [tǔlěi]	꽃망울지다
点缀 [diǎnzhui]	수놓다, 단장하다, 장식하다
照应 [zhàoyìng]	호응하다, 협력하다
打成一片 [dǎchéngyīpiàn]	한 덩어리가 되다, 하나로 뭉쳐지다
肃杀 [sùshā]	스산하다, 쓸쓸하다
久经 [jiǔjīng]	오래 전에, 이미
诀别 [juébié]	결별하다, 이별하다
荡漾 [dàngyàng]	(물·파도가) 출렁이다, (음성·감정 등이) 맴돌다, 감돌다

嫌恶 [xiánwù]　　　　　　혐오하다, 싫어하다

没出息 [méichūxi]　　　　변변치 못하다, 못나다

玩艺 [wányì]　　　　　　놀이, 장난 *보통 玩意儿[wányìr]
라고 함

出神 [chūshén]　　　　　(몰두하여) 정신이 나가다, 넋이 나
가다

缠绕 [chánrào]　　　　　얽히다, 휘감기다

跳跃 [tiǎoyuè]　　　　　뛰어오르다, 도약하다

笑柄 [xiàobǐng]　　　　　웃음거리

可鄙 [kěbǐ]　　　　　　　비열하다, 천박하다

拾 [shí]　　　　　　　　줍다

恍然大悟 [huǎngrándàwù]　문득 크게 깨닫다

堆积 [duījī]　　　　　　　쌓아올리다, 쌓이다

尘封 [chénfēng]　　　　　먼지로 가득 차다, 온통 먼지 투성이
이다

什物 [shíwù]　　　　　　일상가구 집기 *(=什器)

方凳 [fāngdèng]　　　　　네모진 의자

惊惶 [jīnghuáng]　　　　　놀라 허둥지둥하다

失色 [shīsè]　　　　　　(놀라거나 두려워서) 얼굴빛이 변하
다, 새파랗게 질리다

瑟缩 [sèsuō]　　　　　　움츠러들다

糊 [hú]　　　　　　　　(풀로) 붙이다, 바르다

装饰 [zhuāngshì]　　　　　장식하다, 치장하다

破获 [pòhuò]　　　　　　(비밀·비밀조직을) 적발하여 체포하
다

瞒 [mán]　　　　　　　속이다, 감추다

苦心孤诣 [kǔxīngūyì]　　심혈을 기울여 연구하여 훌륭한 경지
에 이르다

折断 [zhéduàn]　　　　　꺾다, 절단하다

翅骨 [chìgǔ]　　　　　　(연의) 날개 살
掷 [zhì]　　　　　　　　내동댕이치다, 내던지다
踏扁 [tàbiǎn]　　　　　　밟아서 조각으로 만들다, 짓뭉게다
敌不过 [díbuguò]　　　　대적할 수 없다, 적수가 못되다, 당해
　　　　　　　　　　　　낼 수 없다

傲然 [àorán]　　　　　　거만하다, 으시대다
惩罚 [chéngfá]　　　　　징벌(하다)
游戏 [yóuxì]　　　　　　놀이, 장난, 놀다, 장난치다
玩具 [wánjù]　　　　　　장난감, 완구
铅块 [qiānkuài]　　　　　납덩이
忆及 [yìjí]　　　　　　　기억하다, 생각하다
虐杀 [nüèshā]　　　　　　학살(하다)
堕 [duò]　　　　　　　　떨어지다
补过 [bǔguò]　　　　　　잘못을 고치다
胡子 [húzi]　　　　　　　수염
宽恕 [kuānshù]　　　　　용서, 너그러이 용서하다
添刻 [tiānkè]　　　　　　보태어 새기다 *본문에서는 주름살이
　　　　　　　　　　　　얼굴에 새겨져 있다는 뜻

条纹 [tiáowén]　　　　　줄무늬 *본문에서는 주름살을 가리킴
宽松 [kuānsong]　　　　　(마음이) 시원하다, 가뿐하다
无怨的恕 [wúyuàndeshù]　원한이 없는데 용서하는 것
说谎 [shuōhuǎng]　　　　거짓말하다
寒威 [hánwēi]　　　　　　한기, 한랭한 기세

朱自清 (1898~1948)

背影

산문작가, 시인, 고전문학 연구가이다. 원명은 朱自華, 호는 自淸, 자는 佩絃이며, 江蘇 揚州 사람이다. 1920년 북경대학 철학과를 졸업했다. 1922년 葉聖陶와 함께 中國新詩社를 조직하여 월간 『詩』를 창간하였으며, 1925년 淸華大學 국문과 교수를 맡으면서 주로 산문창작과 고전문학연구로 방향을 바꾸었다. 서정적인 산문 창작으로 이름을 날려 그의 「槳聲燈影里的秦淮河」, 「背影」, 「荷塘月色」 등은 세상에 널리 알려졌다. 산문집으로는 『背影』(1928), 『歐游雜記』(1934), 『倫敦雜記』(1943) 등이 있다.

背影

朱自清

　　我与父亲不相见已二年余了，我最不能忘记的是他的背影。那年冬天，祖母死了，父亲的差使也交卸了，正是祸不单行的日子，我从北京到徐州，打算跟着父亲奔丧回家。到徐州见着父亲，看见满院狼藉的东西，又想起祖母，不禁簌簌地流下眼泪。父亲说："事已如此，不必难过，好在天无绝人之路！"

　　回家变卖典质，父亲还了亏空；又借钱办了丧事。这些日子，家中光景很是惨澹，一半为了丧事，一半为了父亲赋闲。丧事完毕，父亲要到南京谋事，我也要回北京念书，我们便同行。

　　到南京时，有朋友约去游逛，勾留了一日；第二日上午便须渡江到浦口，下午上车北去。父亲因为事忙，本已说定不送我，叫旅馆里一个熟识的茶房陪我同去。他再三嘱咐茶房，甚是仔细。但他终于不放心，怕茶房不妥帖；颇踌躇了一会。其实我那年已二十岁，北京已来往过两三次，是没有什么要紧的了。他踌躇了一会，终于决定还是自己送我去。我两三回劝他不必去；他只说，"不要紧，他们去不好！"

我们过了江，进了车站。我买票，他忙着照看行李。行李太多了，得向脚夫行些小费，才可过去。他便又忙着和他们讲价钱。我那时真是聪明过分，总觉他说话不大漂亮，非自己插嘴不可。但他终于讲定了价钱；就送我上车。他给我拣定了靠车门的一张椅子；我将他给我做的紫毛大衣铺好坐位。他嘱我路上小心，夜里要警醒些，不要受凉。又嘱托茶房好好照应我。我心里暗笑他的迂；他们只认得钱，托他们直是白托！而且我这样大年纪的人，难道还不能料理自己么？唉，我现在想想，那时真是太聪明了！

我说道，"爸爸，你走吧。"他望车外看了看，说，"我买几个橘子去。你就在此地，不要走动。"我看那边月台的栅栏外有几个卖东西的等着顾客。走到那边月台，须穿过铁道，须跳下去又爬上去。父亲是一个胖子，走过去自然要费事些。我本来要去的，他不肯，只好让他去。我看见他戴着黑布小帽，穿着黑布大马褂，深青布棉袍，蹒跚地走到铁道边，慢慢探身下去，尚不大难。可是他穿过铁道，要爬上那边月台，就不容易了。他用两手攀着上面，两脚再向上缩；他肥胖的身子向左微倾，显出努力的样子。这时我看见他的背影，我的泪很快地流下来了。我赶紧拭干了泪，怕他看见，也怕别人看见。我再向外看时，他已抱了朱红的橘子望回走了。过铁道时，他先将橘子散放在地上，自己慢慢爬下，再抱起橘子走。到这边时，我赶紧去搀他。他和我走到车上，将橘子一股脑儿放在我的皮大衣上。于是扑扑衣上的泥土，心里狠轻松似的，过一会说，"我走了，到那边来信!"我望着他走出去。他走了几步，回过头看见我，说，"进去吧，里边没人。"等他的背影混入来来往往的人里，再找不着了，我便进来坐下，我的眼泪又来了。

近几年来，父亲和我都是东奔西走，家中光景是一日不如一日。他少年出外谋生，独立支持，做了许多大事。那知老境却如此颓唐!他触目伤怀，自然情不能自己。情郁于中，自然要发之于外；家庭琐屑便往往触他之怒。他待我渐渐不同往日。但最近两年的不

见，他终于忘却我的不好，只是惦记着我，惦记着我
的儿子。我北来后，他写了一信给我，信中说道，"我
身体平安，惟膀子疼痛利害，举箸提笔，诸多不便，
大约大去之期不远矣。"我读到此处，在晶莹的泪光中，
又看见那肥胖的，青布棉袍，黑布马褂的背影。唉！
我不知何时再能与他相见！

(选自『朱自清全集』第一卷，江苏教育出版社1988年版)

▍生词

背影 [bèiyǐng]	그림자, 뒷모습
差使 [chāishi]	직무나 관직
交卸 [jiāoxiè]	(직무나 관직을) 인계하다
祸不单行 [huòbùdānxíng]	재앙은 언제나 겹쳐오다, 설상가상이다
奔丧 [bēnsāng]	먼곳에서 친상(亲丧)의 소식을 듣고 집으로 급히 돌아가다
狼藉 [lángjí]	어지럽게 흩어져 있다, 지저분하다
簌簌 [sùsù]	(물이 흘러 내리는 모양)주룩주룩, 줄줄
好在 [hǎozài]	다행히, 운좋게
变卖 [biànmài]	팔아서 돈으로 만들다
典质 [diǎnzhì]	저당잡히다
亏空 [kuīkōng]	빚, 부채
光景 [guāngjǐng]	광경, 경치, 상황
惨澹 [cǎndàn]	참담하다
赋闲 [fùxián]	관직을 그만두고 한거하다
游逛 [yóuguàng]	돌아다니며 놀다, 한가히 거닐며 구경하다
勾留 [gōuliú]	머무르다, 채류하다
浦口 [pǔkǒu]	포구
茶房 [cháfáng]	심부름꾼
嘱咐 [zhǔfù]	부탁하다
妥帖 [tuǒtiē]	적절하다, 알맞다
踌躇 [chóuchú]	주저하다

脚夫 [jiǎofū]	짐꾼, 지게꾼
拣 [jiǎn]	고르다, 선택하다
铺 [pū]	(물건을) 깔다, (자리를) 펴다
警醒 [jǐngxǐng]	잠귀가 밝다, 잘 깨다
受凉 [shòuliáng]	감기들다
迂 [yū]	어리석다, 멍청하다
认得 [rènde]	(사람·길·글자를) 알다
栅栏 [zhàlán]	울타리
费事 [fèishì]	힘을 들이다, 품을 들이다
蹒跚 [pánshān]	비틀거리며 걷는 모양
探身 [tànshēn]	(살피는 모양) 몸을 앞으로 내밀다
拭泪 [shìlèi]	눈물을 닦다
望 [wàng]	…를 향하여, …의 쪽으로
搀 [chān]	부축하다, 붙잡다
一股脑儿 [yīgǔnǎor]	전부, 모조리
扑 [pū]	털다
谋生 [móushēng]	생계를 도모하다, 살길을 찾다
老境 [lǎojìng]	노경, 노년기, 만년
颓唐 [tuítáng]	기가 죽다, 풀이 꺾이다
触目伤怀 [chùmùshānghuái]	보기만해도 마음이 상하다, 모든 것에 마음이 아프다
情不能 [qíngbùnéng]	감정을 어쩔 수 없다 *情不自禁 [qíngbùzìjìn] : 자신의 감정을 억제할 수 없다, 저도 모르게, 절로
琐屑 [suǒxiè]	자질구레한 것, 하찮은 것
待 [dài]	대하다, 대우하다
往日 [wǎngrì]	이전, 지난날
惦记 [diànjì]	염려하다, 걱정하다
膀子 [bǎngzi]	어깨

利害 [lìhai]	심하다, 지독하다
	*厉害[lìhai]와 같은 뜻
举箸提笔 [jǔzhùtíbǐ]	젓가락을 들고 붓을 들다
大去 [dàqù]	죽다
晶莹 [jīngyíng]	반짝반짝 빛나다, 투명하고 맑다

周作人 (1885~1967)

乌篷船, 荷塘月色

　　산문작가, 문학 번역가이다. 원명은 周遐壽이며, 자는 起孟, 啓明, 호는 知堂이다. 魯迅의 동생이다. 1906년 일본으로 유학하여 처음에는 法政大學에 들어갔고, 후에 立敎大學에 들어갔다. 1911년 귀국하여 교사로 지냈으며, 1917년 북경대학 문과교수를 맡았다. 五四시기에 신문화운동에 참가하여 「人的文學」, 「平民的文學」 뜽의 글을 발표하여 인도주의 문학을 제창했다. 1921년 이후에는 주로 봉건문화를 비판하는 산문을 창작하여 五四 이래 산문창작에 큰 영향을 끼쳤다. 1927년 이후에는 현실에서 점차 도피하여 性靈과 情趣를 표현하는 소일거리 小品文 창작을 제창했다. 산문집으로는 『自己的園地』(1923), 『談龍集』(1927), 『永日集』(1929), 『看雲集』(1932), 『知堂文集』(1933), 『瓜豆集』(1937) 등이 있다.

乌篷船

周作人

子荣君：

接到手书知道你要到我的故乡去，叫我给你一点什么指导。老实说，我的故乡，真正觉得可怀恋的地方，并不是那里；但是因为在那里生长，住过十多年，究竟知道一点情形，所以写这一封信告诉你。

我所要告诉你的，并不是那里的风土人情，那是写不尽的，但是你到那里一看也就会明白的，不必罗唆地多讲。我要说的是一种很有趣的东西，这便是船。你在家乡平常总坐人力车，电车，或是汽车，但在我的故乡那里这些都没有，除了在城内或山上是用轿子以外，普通代步都是用船。船有两种，普通坐的都是

"乌篷船"，白篷的大抵作航船用，坐夜航船到西陵去也有特别的风趣，但是你总不便坐，所以我也就可以不说了。乌篷船大的为"四明瓦"(Symenngoa)，小的为脚划船(划读如uoa)亦称小船。但是最适用的还是在这中间的"三道"，亦即三明瓦。篷是半圆形的，用竹片编成，中夹竹箬，上涂黑油；在两扇"定篷"之间放着一扇遮阳，也是半圆的，木作格子，嵌着一片片的小鱼鳞，径约一寸，颇有点透明，略似玻璃而坚韧耐用，这就称为明瓦。三明瓦者，谓其中舱有两道，后舱有一道明瓦也。船尾用橹，大抵两支，船首有竹篙，用以定船。船头着眉目，状如老虎，但似在微笑，颇滑稽而不可怕，唯白篷船则无之。三道船篷之高大约可以使你直立，舱宽可以放下一顶方桌，四个人坐着打马将——这个恐怕你也已学会了吧？小船则真是一叶扁舟，你坐在船底席上，篷顶离你的头有两三寸，你的两手可以搁在左右的舷上，还把手都露出在外边。在这种船里仿佛是在水面上坐，靠近田岸去时泥土便和你的眼鼻接近，而且遇着风浪，或是坐得少不小心，就会船底朝天，发生危险，但是也颇有趣味，是水乡的一种特色。不过你总可以不必去坐，最好还是坐那三道船吧。

　　你如坐船出去，可是不能像坐电车的那样性急，立刻盼望走到。倘若出城，走三四十里路(我们那里的里程是很短，一里才及英里三分之一)，来回总要预备一天。你坐在船上，应该是游山的态度，看看四周物色，随处可见的山，岸旁的乌桕，河边的红蓼和白苹，渔舍，各式各样的桥，困倦的时候睡在舱中拿出随笔来看，或者冲一碗清茶喝喝。偏门外的鉴湖一带，贺家池，壶觞左近，我都是喜欢的，或者往娄公埠骑驴去游兰亭(但我劝你还是步行，骑驴或者于你不很相宜)，到得暮色苍然的时候进城上都挂着薜荔的东门来，倒是颇有趣味的事。倘若路上不平静，你往杭州去时可于下午开船，黄昏时候的景色正最好看，只可惜这一带地方的名字我都忘记了。夜间睡在舱中，听水声橹声，来往船只的招呼声，以及乡间的犬吠鸡鸣，也都很有意思。雇一只船到乡下去看庙戏，可以了解中国旧戏的真趣味，而且在船上行动自如，要看就看，要睡就睡，要喝酒就喝酒，我觉得也可以算是理想的行乐法。只可惜讲维新以来这些演剧与迎会都已禁止，中产阶级的低能人别在"布业会馆"等处建起"海式"的戏场来，请大家买票看上海的猫儿戏。这些地方你千万不要去。——你到我那故乡，恐怕没有一个人认得，我又因为在教书不能陪你去玩，坐夜船，谈闲天，实在抱歉而且惆怅。川岛君夫妇现在偁山下，本来可以给你绍介，但是你到那里的时候他们恐怕已经离开故乡了。初寒，善自珍重，不尽。

(选自《周作人散文精编》上编，浙江文艺出版社1994年出版)

生词

乌蓬船 [wūpéngchuán]	콜타르로 검게 칠한 뜸으로 위를 가린 작은 배
手书 [shǒushū]	손수 써 주신 편지
老实说 [lǎoshishuō]	솔직히 말하면
罗唆 [luósuō]	장황하다
轿子 [jiàozi]	가마
大抵 [dàdǐ]	대체로, 대개
航船 [hángchuán]	정기선
西陵 [Xīlíng]	(地名) 서릉
适用 [shìyòng]	적용하다, 사용에 적합하다
竹箬 [zhúruò]	대나무 잎 *箬[ruò]는 잎이 넓은 대나무의 일종
涂 [tú]	마르다, 칠하다
扇 [shàn]	(문·창문을 세는 단위)짝, 틀
格子 [gézi]	상자
嵌 [qiàn]	새겨 넣다, 끼워 넣다
径 [jìng]	좁은 길, 지름, 직경
坚韧 [jiānrèn]	강인하다
耐用 [nàiyòng]	견디다, 질기다, 오래가다
明瓦 [míngwǎ]	굴껍질을 갈아서 만든 반투명의 얇은 기와 *창이나 지붕에 끼워 채광하였음
舱 [cāng]	선창, 객실
橹 [lǔ]	(배의) 노
竹篙 [zhúgāo]	대나무 삿대
着 [zhuó]	덧붙이다

滑稽 [huájī] 익살스럽다

打马将 [dǎmǎjiàng] 마작하다

一叶扁舟 [yīyèpiānzhōu] 일엽편주

舷 [xián] 뱃전

性急 [xìngjí] 성급하다

里程 [lǐchéng] 길(리)의 치수

乌桕 [wūjiù] 오구목

红蓼 [hóngliǎo] (식물의 종류) 붉은 여뀌

白苹 [báipíng] 부평초, 개구리밥

渔舍 [yúshè] 고기잡이 집

困倦 [kùnjuàn] 피곤하다

偏门 [piānmén] 옆문, 샛문

鉴湖 [Jiànhú] (호수 이름) 감호

贺家池 [Hèjiāchí] (연못 이름) 하가지

壶觞 [húshāng] 술잔

娄公埠 [Lóugōngbù] (선창 이름) 누공부

骑驴 [qílǘ] 당나귀를 타다

到得 [dàodé] …하기에 이르다, …하게 되다

薜荔 [bìlì] 담쟁이

船祇 [chuánzhī] 배, 선박

犬吠鸡鸣 [quǎnfèijīmíng] 개 울음소리, 닭 울음소리

庙戏 [miàoxì] 사당 따위에서 제례를 행할 때 사당 앞에서 간단하게 공연하는 연극

行乐 [xínglè] 즐겁게 놀다

迎会 [yínghuì] 옛날 마을 축제의 행열, 영신(迎神)

低能人 [dīnéngrén] 저능인

惆怅 [chóuchàng] 실망, 낙담하는 모양

偁山 [Chēngshān] (산 이름) 칭산

荷塘月色

朱自清

这几天心里颇不宁静。今晚在院子里坐着乘凉，忽然想起日日走过的荷塘，在这满月的光里，总该另有一番样子吧。月亮渐渐地升高了，墙外马路上孩子们的欢笑，已经听不见了；妻在屋里拍着闰儿，迷迷糊糊地哼着眠歌。我悄悄地披了大衫，带上门出去。

沿着荷塘，是一条曲折的小煤屑路。这是一条幽僻的路；白天也少人走，夜晚更加寂寞。荷塘四面，长着许多树，蓊蓊郁郁的。路的一旁，是些杨柳，和一些不知道名字的树。没有月光的晚上，这路上阴森森的，有些怕人。今晚却很好，虽然月光也还是淡淡的。

　　路上只我一个人，背着手踱着。这一片天地好像是我的；我也象超出了平常的自己，到了另一世界里。我爱热闹，也爱冷静；爱群居，也爱独处。象今晚上，一个人在这苍茫的月下，什么都可以想，什么都可以不想，便觉是个自由的人。白天里一定要做的事，一定要说的话，现在都可不理。这是独处的妙处；我且受用这无边的荷香月色好了。

　　曲曲折折的荷塘上面，弥望的是田田的叶子。叶子出水很高，象亭亭的舞女的裙。层层的叶子中间，零星地点缀着些白花，有袅娜地开着的，有羞涩地打着朵儿的，正如一粒粒的明珠，又如碧天里的星星，又如刚出浴的美人。微风过处，送来缕缕清香，仿佛远处高楼上渺茫的歌声似的。这时候叶子与花也有一些的颤动，象闪电般，霎时传过荷塘的那边去了。叶子本是肩并肩密密地挨着，这便宛然有了一道凝碧的波痕。叶子底下是脉脉的流水，遮住了，不能见一些颜色；而叶子却更见风致了。

　　月光如流水一般，静静地泻在这一片叶子和花上。薄薄的青雾浮起在荷塘里。叶子和花仿佛在牛乳中洗过一样；又象笼着轻纱的梦。虽然是满月，天上却有一层淡淡的云，所以不能朗照；但我以为这恰是到了好处——酣眠固不可少，小睡也别有风味的。月光是隔了树照过来的，高处丛生的灌木，落下参差的斑驳的黑影，峭楞楞如鬼一般；弯弯的杨柳的稀疏的倩影，却又象是画在荷叶上。塘中的月色并不均匀；但光与影有着和谐的旋律，如梵婀玲上奏着的名曲。

　　荷塘的四面，远远近近，高高低低都是树，而杨柳最多。这些树将一片荷塘重重围住；只在小路一旁，漏着几段空隙，象是特为月光留下的。树色一例是阴阴的，乍看象一团烟雾；但杨柳的丰姿，便在烟雾里也辨得出。树梢上隐隐约约的是一带远山，只有些大意罢了。树缝里也漏着一两点路灯光，没精打彩的，是渴睡人的眼。这时候最热闹的，要数树上的蝉声与水里的蛙声；但热闹是它们的，我什么也没有。

　　忽然想起采莲的事情来了。采莲是江南的旧俗，似乎很早就有，而六朝时为盛，从诗歌里可以约略知道。采莲的是少年的女子，她们是荡着小船，唱着艳歌去的。采莲人不用说很多，还有看采莲的人。那是一个热闹的季节，也是一个风流的季节。梁元帝《采莲赋》里说得好：

　　于是妖童媛女，荡舟心许；鷁首徐回，兼传羽杯；棹将移而藻挂，船欲动而萍开。尔其纤腰束素，迁延顾步；夏始春余，叶嫩花初，恐沾裳而浅笑，畏倾船而敛裾。

可见当时嬉游的光景了。这真是有趣的事，可惜我们现在早已无福消受了。

于是又记起《西洲曲》里的句子：

采莲南塘秋，莲花过人头；低头弄莲子，莲子清如水。

今晚若有采莲人，这儿的莲花也算得"过人头"了；只不见一些流水的影子，是不行的。这令我到底惦着江南了。—— 这样想着，猛一抬头，不觉已是自己的门前；轻轻地推门进去，什么声息也没有，妻已睡熟好久了。

(选自『朱自清全集』第一卷，江苏教育出版社1988年版)

生词

荷塘 [hétáng]	연못
宁静 [níngjìng]	편안하다, 조용하다
乘凉 [chéngliáng]	더위를 피해 서늘한 바람을 쐬다
总该 [zǒnggāi]	반드시(어째든, 아무튼) …일 것이다
番 [fān]	(양사) 차례, 번
闰儿 [Rùnr]	(人名) 윤아
哼 [hēng]	흥얼거리다
眠歌 [miángē]	자장가
披 [pī]	(겉옷을) 걸치다
大衫 [dàshān]	(남자가 입는) 두루마기 모양의 중국 전통 옷, 장삼
带上门 [dàishàngmén]	…하는 김에 문을 닫다 *带[dài]는 (…하는 김에)…하다는 뜻
煤屑 [méixiè]	석탄 부스러기 *小煤屑路 [xiǎoméixièlù] : 석탄 부스러기가 깔린 작은 길
幽僻 [yōupì]	조용하고 후미지다
翁郁 [wěngyù]	초목이 무성한 모양
阴森森(的) [yīnsēnsēn(de)]	음침하고 으스스한 모양, 음산한 모양
背着手 [bèizheshǒu]	뒷짐지다
踱 [duó]	거닐다, 천천히 걷다
苍茫 [cāngmáng]	넓고 멀어서 아득하다, 망망하다
独处 [dúchǔ]	혼자 살다
受用 [shòuyòng]	누리다, 향유하다
无边 [wúbiān]	끝없다, 한없이 넓다

曲折 [qūzhé]　　　　굽다, 구불구불하다

弥望 [míwàng]　　　멀리 바라보이다, 시야에 가득하다

田田 [tiántián]　　　선명하게 푸른 모양, 무성한 모양

亭亭 [tíngtíng]　　　우뚝하게 높이 솟은 모양

零星 [língxīng]　　　드문드문하다, 산발적이다, 자질구레
　　　　　　　　　　하다

点缀 [diǎnzhuì]　　　장식하다, 돋보이게 하다

袅娜 [niǎonuó]　　　(나무·풀이) 가늘고 부드럽다, 간드
　　　　　　　　　　러지다

羞涩 [xiūsè]　　　　수줍어서 머뭇머뭇하다

打 [dǎ]　　　　　　쳐들다, 펴들다, 내걸다

朵儿 [duǒr]　　　　꽃, 꽃봉우리

碧天 [bìtiān]　　　　푸른 하늘

渺茫 [miǎománg]　　아득하다, 희미하다

霎时 [shàshí]　　　　삽시간에, 순식간에

肩并肩 [jiānbìngjiān]　어깨를 나란히 하다, 행동을 같이 하다

挨 [āi]　　　　　　착 달라붙다, 접근하다

宛然 [wǎnrán]　　　마치(흡사) …같다, 완연히

凝碧 [níngbì]　　　　짙푸르다

波痕 [bōhén]　　　　물결 흔적, 물결 무늬

脉脉 [mòmò]　　　　말없이 은근한 정을 나타내는 모양

遮住 [zhēzhù]　　　　막다, 가리다

风致 [fēngzhì]　　　　풍치, 맛, 특색

泻 [xiè]　　　　　　쏟다, 내리퍼붓다

薄薄 [bóbó]　　　　매우 넓다, 맛이 매우 담백하다

牛乳 [niúrǔ]　　　　우유

笼 [lǒng]　　　　　뒤덮다, 자욱하다

轻纱 [qīngshā]　　　얇고 가벼운 고급 천

朗照 [lǎngzhào]　　　밝게 비추다

恰到好处 [qiàdàohǎochù] 꼭 알맞다, 지극히 적당하다
酣眠 [hānmián] 숙면, 깊은 잠
参差 [cēncī] 들쑥날쑥하다
斑驳 [bānbó] 여러 색깔이 뒤섞여 얼룩얼룩하다,
알록달록하다
灌木 [guànmù] 관목
峭楞楞 [qiàoléngléng] 을씨년스럽다 *峭[qiào] : 산세가
높고 험준한 모양, 楞楞[léngléng]
: (표정이) 몹시 차가운 모양
稀疏 [xīshū] 드물다, 성기다
倩影 [qiànyǐng] 아름다운 모습
均匀 [jūnyún] 균일하다, 고르다
旋律 [xuánlǜ] 선율, 멜로디
梵婀玲 [fànēlíng] 바이올린 *일반적으로 小提琴
[xiǎotíqín]이라 함
漏 [lòu] 새다, 누설하다
空隙 [kòngxì] 틈, 간격
一例 [yīlì] 일률적으로
乍看 [zhàkàn] 언뜻 보다
丰资 [fēngzī] 풍채
辨得出 [biàndechū] 분간할 수 있다, 식별할 수 있다
树梢 [shùshāo] 나무가지 끝
大意 [dàyi] 윤곽
精打彩 [jīngdǎcǎi] 정채롭다
渴睡 [kěshuì] 졸다
蝉声 [chánshēng] 매미 소리
蛙声 [wāshēng] 개구리 소리
采莲 [cǎilián] 연밥을 따다
约略 [yuēlüè] 대략, 대충

荡船 [dàngchuán]　　배를 젓다

妖童 [yāotóng]　　예쁘게 생긴 아이

媛女 [yuànnǚ]　　아름다운 여자

心许 [xīnxǔ]　　참마음으로 허락하다, (진정한 마음으로) 찬미하다, 속으로 허락하다

鷁首 [nìshǒu]　　익조(鷁鸟)라는 물새의 형상을 뱃머리(船首)에 그리거나 새긴 배

羽杯 [yǔbēi]　　술잔

棹 [zhào]　　(배의) 노

藻 [zǎo]　　물풀

尔 [ěr]　　그리하다 *(=然[rán])

纤腰 [xiānyāo]　　가는 허리, 미인의 날씬한 허리

束素 [shùsù]　　한 묶음 비단 *가늘고 부드러운 여자의 허리를 형용

迁延 [qiānyán]　　질질 끌다, 지연시키다

顾步 [gùbù]　　고개를 돌리며 천천히 걷다

沾裳 [zhāncháng]　　치마가 젖다

浅笑 [qiǎnxiào]　　미소짓다

敛裾 [liǎnjū]　　옷자락을 걷어 올리다

嬉游 [xīyóu]　　놀다, 장난치며 놀다

消受 [xiāoshòu]　　누리다, 향수하다

到底 [dàodǐ]　　결국, 마침내

惦着 [diànzhe]　　염려하다, 걱정하다

声息 [shēngxī]　　소리, 기척

朴素 [pǔsù]　　소박하다, 질박하다

丰子愷 (1898~1975)

秋

　　산문작가, 화가, 번역가이다. 원명은 豊潤이며 자는 子顥이다. 浙江 崇德 사람으로 1919년 사범학교를 졸업하고 미술과 음악을 담당하는 교사로 재직하면서 1921년에는 약 1년간 자비로 일본 유학을 하였고, 중국에 "漫畵"라는 명칭을 처음으로 사용한 사람이다. 1925년부터 문학창작을 시작하였으며, 文學硏究會에 참가하여 만화와 수필을 발표하였다. 1931년에 첫 번째 산문집 『緣緣堂隨筆』을 발표하였는데, 여러 작품에서 문학과 회화를 조화시키고 접목시키려는 노력을 엿볼 수 있다. 대표적인 산문집으로는 『緣緣堂隨筆』(1931), 『子愷小品集』(1933), 『隨筆二十篇』(1934), 『車廂社會』(1935) 등이 있다.

秋

——

丰子恺

　　我的年岁上冠用了"三十"二字，至今已两年了。不解达观的我，从这两个字上受到了不少的暗示与影响。虽然明明觉得自己的体格与精力比二十九岁时全然没有什么差异，但"三十"这一个观念笼在头上，犹之张了一顶阳伞，使我的全身蒙了一个暗淡色的阴影，又仿佛在日历上撕过了立秋的一页以后，虽然太阳的炎威依然没有减却，寒暑表上的热度依然没有降低，然而只当得余威与残暑，或霜降木落的先驱，大地的节候已从今移交于秋了。

　　实际，我两年来的心情与秋最容易调和而融合。这情形与从前不同。在往年，我只慕春天。我最欢喜杨柳与燕子。尤其欢喜初染鹅黄的嫩柳。我曾经名自己的寓居为"小杨柳屋"，曾经画了许多杨柳燕子的画，又曾经摘取秀长的杨柳，在厚纸上裱成各种风调的眉，想象这等眉的所有者的颜貌，而在其下面添描出眼鼻与口。那时候我每逢早春时节，正月二月之交，看见杨柳枝的线条上挂了细珠，带了隐隐的青色而"遥看近却无"的时候，我心中便充满了一种狂喜，这狂喜又立刻变成焦虑，似乎常常在说："春来了！不要放过！赶快设法招待它，享乐它，永远留住它。"我读了"良辰美景奈何天"等句，曾经真心地感动。以为古人都叹息一春的虚度，前车可鉴！到我手里决不放它空过了。最是逢到了古人惋惜最深的寒食清明，我心中的焦灼便更甚。那一天我总想有一种足以充分酬偿这佳节的举行。我准拟作诗，作画，或痛饮，漫游。虽然大多不被实行；或实行而全无效果，反而中了酒，闹了事，换得了不快的回忆；但我总不灰心，总觉得春的可恋。我心中似乎只有知道春，别的三季在我都当作春的预备，或待春的休息时间，全然不曾注意到它们的存在与意义。而对于秋，尤无感觉：因为夏连续在春的后面，在我可当作春的过剩；冬先行在春的前面，在我可当作春的准备；独有春全无关联的秋，在我心中一向没有它的位置。

自从我的年龄告了立秋以后，两年来的心境完全转了一个方向，也变成秋天了。然而情形与前不同：并不是在秋日感到像昔日的狂喜与焦灼。我只觉得一到秋天，自己的心境便十分调和。非但没有那种狂喜与焦灼，且常常被秋风秋雨秋色秋光所吸引而融化在秋中，暂时失却了自己的所在。而对于春，又并非像昔日对于秋的无感觉。我现在对于春非常厌恶。每当万象回春的时候，看到群花的斗艳，蜂蝶的扰攘，以及草木昆虫等到处争先恐后地滋生繁殖的状态，我觉得天地间的凡庸、贪婪、无耻、与愚痴，无过于此了！尤其是在青春的时候，看到柳条上挂了隐隐的绿珠，桃枝上着了点点的红斑，最使我觉得可笑又可怜。我想唤醒一个花蕊来对它说："啊！你也来反复这老调了！我眼看见你的无数祖先，个个同你一样地出世，个个努力发展，争荣竞秀；不久没有一个不憔悴而化泥尘。你何苦也来反复这老调呢？今你已长了这孽根，将来看你弄娇弄艳，装笑装颦，招致了蹂躏、摧残、攀折之苦，而步你祖先们的后尘！"

实际，迎送了三十几次的春来春去的人，对于花事早已看得厌倦，感觉已经麻木，热情已经冷却，决不会再像初见世面的青年少女似地为花的幻姿所诱惑而赞之、叹之、怜之、惜之了。况且天地万物，没有一件逃得出荣枯、盛衰、生天、有无之理。过去的历史昭然地证明着这一点，无须我们再说。古来无数的诗人千篇一律地为伤春惜花费词，这种效颦也觉得可厌。假如要我对于世间的生荣死天费一点词，我觉得生荣不足道，而宁愿欢喜赞叹一切的死灭。对于前者的贪婪、愚昧、与怯弱、后者的态度何等谦逊、悟达，而伟大！我对于春与秋的取舍，也是为了这一点。

夏目漱石三十岁的时候，曾经这样说："人生二十而知有生的利益；二十五而知有明之处必有暗；至于三十岁的今日，更知明多之处暗也多，欢浓之时愁也重。"我现在对于这话也深抱同感；同时又觉得三十的特征不止这一端，其更特殊的是对于死的体感。青年们恋爱不遂的时候惯说生生死死，然而这不过是知有"死"的一回事而已，不是体感。犹之在饮冰挥扇的夏日，不能体感到围炉拥衾的冬夜的滋味。就是我们阅历了三十几度寒暑的人，在前几天的炎阳之下也无论如何感不到浴日的滋味。围炉、拥衾、浴日等事，在夏天的人的心中只是一种空虚的知识，不过晓得将来须有这些事而已，但是不可能体感它们的滋味。须得入了秋天，炎阳逞尽了威势而渐渐退却，汗水浸胖了的肌肤渐渐收缩，身穿单衣似乎要打寒噤，而手触法兰绒觉得快适的时候，于是围炉、拥衾、浴日等知识方能渐渐融入体验界中而化为体感。我的年龄告了立秋以后，心境中所起的最特殊的状态便是这对于"死"的体感。以前我的思虑真疏浅！以为春可以常在人间，人可以永在青年，竟完全没有想到死。又以为人生的意义只在于生，而我的一生最有意义，似乎我是不会死的。直到现在，仗了秋的慈光的鉴照，死的灵气钟育，才知道生的甘苦悲欢，是天地间反复过亿万次的老调，又何足珍惜？ 我但求此生的平安的度送与脱出而已，犹之罹了疯狂的人，病中的颠倒迷离何足计较？ 但求其去病而已。

我正要搁笔，忽然西窗外黑云弥漫，天际闪出一道电光，发出隐隐的雷声，骤然洒下一阵夹着冰雹的秋雨。啊！原来立秋过得不多天，秋心稚嫩而未曾老练，不免还有这种不调和的现象，可怕哉！

(选自『丰子恺散文』，浙江文艺出版社2000年版)

生词

冠 [guàn]	모자를 쓰다, (글자 따위를) 앞에 덧붙이다
笼 [lǒng]	자욱하다, 덮어씌우다
犹之 [yóuzhī]	마치 …와 같다
炎威 [yánwēi]	복중 더위의 무서운 위세, 염위
减却 [jiǎnquè]	감하다, 덜하다
余威 [yúwēi]	남은 위력
霜降 [shuāngjiàng]	상강 *24절기의 하나
杨柳 [yángliǔ]	백양나무와 버드나무
鹅黄 [éhuáng]	담황색
嫩 [nèn]	부드럽다, 여리다
遥看近却无 [yáokàn jìnquèwú]	멀리서는 보이지만 가까이서는 오히려 아무것도 없다
狂喜 [kuángxǐ]	미친 듯이 기뻐하다
焦虑 [jiāolǜ]	마음을 졸이다, 가슴을 태우다
良晨美景 [liángchénměijǐng]	좋은 날(시절)의 좋은 경치
太息 [tàixī]	한숨쉬다, 탄식하다
虚度 [xūdù]	(세월을) 헛되이 보내다, 허송 세월을 보내다
前车之鉴 [qiánchēzhījiàn]	앞 사람의 실패를 보고 교훈으로 삼다
惋惜 [wǎnxī]	애석해하다, 안타까워하다
焦灼 [jiāozhuó]	몹시 초초해하다, 애태우다
酬偿 [chóucháng]	보답하다, 보상하다
过剩 [guòshèng]	과잉(되다)
昔日 [xīrì]	옛날, 이전

斗艳 [dòuyàn]　아름다움을 다투다

扰攘 [rǎorǎng]　소란스럽게 하다

争先恐后 [zhēngxiānkǒnghòu] 뒤질세라 앞을 다투다

凡庸 [fányōng]　평범하다

贪婪 [tānlán]　매우 탐욕스럽다

无耻 [wúchǐ]　염치없다

愚痴 [yúchī]　우둔하고 미련하다

花蕊 [huāruǐ]　꽃술

争荣竞秀 [zhēngróngjìngxiù]　영화와 뛰어남을 다투다

憔悴 [qiáocuì]　초췌하다

孽根 [niègēn]　화근, 죄악의 씨

颦 [pín]　눈살을 찌푸리다

招致 [zhāozhì]　(어떤 결과를) 일으키다, 초래하다

蹂躏 [róulìn]　유린하다, 침해하다

摧残 [cuīcán]　학대(하다), 손상(을 주다)

攀折 [pānzhé]　(꽃·나무를) 잡아당겨 꺾다

后尘 [hòuchén]　남의 뒤, 남이 걸을 때 나는 먼지

厌倦 [yànjuàn]　싫증나다

麻木 [mámù]　마비되다, 저리다

幻姿 [huànzī]　덧없은 자태

昭然 [zhāorán]　확연하다, 매우 분명하다

千篇一律 [qiānpiānyīlù]　천편일률

费词 [fèicí]　불필요한 말을 하다

效颦 [xiàopín]　눈살 찌푸리는 것을 흉내내다 *미녀 서시(西施)가 병이 나서 눈살을 찌푸렸는데, 이웃의 추녀(东施)가 이를 흉내내었으나 더욱 추했다 함. 그 후 남의 결점을 잘못 흉내내는 것을 비유 *东施效颦[dōngshīxiàopín]

生荣 [shēngróng]　　　　살아서의 명성(영예)

不足道 [bùzúdào]　　　　말할 가치가 없다, 말할 만한 것이
　　　　　　　　　　　　　못되다

宁愿 [nìngyuàn]　　　　차라리 …하고자 하다

愚昧 [yúmèi]　　　　우매하다

怯弱 [qièruò]　　　　겁이 많고 나약하다

谦逊 [qiānxùn]　　　　겸손하다

悟达 [wùdá]　　　　깨달아 이해하다

夏目漱石 [Xiàmùshùshí]　　　(人名) 나쯔메 소세키(1867-1916)
　　　　　　　　　　　　　일본의 소설가이며, 1893년 동경대
　　　　　　　　　　　　　학을 졸업했다. 근대 일본에서 영국을
　　　　　　　　　　　　　유학한 최초의 영문학자이며『초침
　　　　　　　　　　　　　(草枕)』등 많은 작품을 창작했다.

饮冰挥扇 [yǐnbīnghuīshàn]　　　(더운 여름에) 차가운 것을 마시고
　　　　　　　　　　　　　부채질을 하다

围炉拥衾 [wéilúyōngqīn]　　　(추운 겨울에) 난로에 둘러 앉아 이
　　　　　　　　　　　　　불을 둘둘 감고 불을 쬐다

阅历 [yuèlì]　　　　체험하다, 겪다

浴日 [yùrì]　　　　햇볕을 쬐다

逞 [chěng]　　　　뽐내다, 과시하다

肌肤 [jīfū]　　　　근육과 피부

寒噤 [hánjìn]　　　　진저리, 모서리

法郎绒 [fǎlángróng]　　　평직으로 짠 표면이 부드러운 면직
　　　　　　　　　　　　　물, 플란넬(flannel) *안경 닦는 천
　　　　　　　　　　　　　이 플란넬의 일종임

疏浅 [shūqiǎn]　　　　(생각이) 모자라다, 얕다

钟育 [zhōngyù]　　　　양육하다

鉴照 [jiànzhào]　　　　살피다

老调 [lǎodiào]　　　　틀에 박힌 말

珍惜 [zhēnxī]	소중히 여기다
何足 [hézú]	어찌 …하기에 족한가, …할 가치가 없다
罹 [lí]	(질병에) 걸리다, 만나다
迷离 [mílí]	분명하지 않다, 흐리멍텅하다
计较 [jìjiào]	염두에 두다, 따지다, 문제삼다
搁 [gē]	놓다, 두다
弥漫 [mímàn]	자욱하다, 가득차다
冰雹 [bīngbáo]	우박
稚嫩 [zhìnèn]	어리다, 여리다

何其芳 (1912~1977)

雨前

　　현대 산문작가, 시인, 문학평론가이다. 원명은 何永芳으로 四川省 萬縣 사람이다. 1935년 북경대학 철학과를 졸업하였다. 대학시절 때부터 『現代』 등 여러 잡지에 시와 산문을 발표하였고 1936년에는 卞之琳, 李廣田과 함께 詩歌 合集인 『漢園集』을 발표하였다. 1937년에 출판한 서정 산문집인 『畵夢錄』은 『大公報』의 문예 장려금 수혜를 받기도 하였다. 중일 전쟁을 전후하여 그는 여러 중학교에서 교사로 재직하였고 1939년에는 魯迅藝術學院의 문학계 주임을 역임하였다. 1942년 延安文藝座談會에 참가한 이후부터 그의 문학적 성향은 변화하는데, 시와 산문 창작을 통해 중국 공산당의 문예 노선을 선전하고 문학비평과 문예이론 연구에 주력하였다. 1949년 이후에도 중국작가협회 서기 등 중국 문예계의 지도자로서 활동을 계속하였다. 대표적인 산문집으로는 『畵夢錄』(1934), 『刻意集』(1938), 『還鄕雜記』(1943), 『星火集』(1945) 등이 있고, 시집으로는 『預言』(1945), 『夜歌』(1945) 등이 있다.

雨前

——

何其芳

最后的鸽群带着低弱的笛声在微风里划一个圈子后，也消失了。也许是误认这灰暗的凄冷的天空为夜色的来袭，或是也预感到风雨的将至，遂过早地飞回它们温暖的木舍。

几天的阳光在柳条上撒下的一抹嫩绿，被尘土埋掩得有憔悴色了，是需要一次洗涤，还有干裂的大地和树根也早已期待着雨。雨却迟疑着。

我怀想着故乡的雷声和雨声。那隆隆的有力的搏击，从山谷返响到山谷，仿佛春之芽就从冻土里震动，惊醒，而怒茁出来。细草样柔的雨声又以温存之手抚摩它，使它簇生油绿的枝叶而开出红色的花。这些怀想如乡愁一样萦绕得使我忧郁了。我心里的气候也和这北方大陆一样缺少雨量，一滴温柔的泪在我枯涩的眼里，如迟疑在这阴沉的天空里的雨点，久不落下。

　　白色的鸭也似有一点烦躁了，有不洁的颜色的都市的河沟里传出它们焦急的叫声。有的还未厌倦那船一样的徐徐的划行。有的却倒插它们的长颈在水里，红色的蹼趾伸在尾后，不停地扑击着水以支持身体的平衡。不知是在寻找沟底的细微的食物，还是贪那深深的水里的寒冷。

　　有几个已上岸了。在柳树下来回地作绅士的散步，舒息划行的疲劳。然后参差地站着，用嘴细细地抚理它们遍体白色的羽毛，间或又摇动身子或扑展着阔翅，使那缀在羽毛间的水珠坠落。一个已修饰完毕的，弯曲它的颈到背上，长长的红嘴藏没在翅膀里，静静合上它白色的茸毛间的小黑睛，仿佛准备睡眠。可怜的小动物，你就是这样做你的梦吗？

　　我想起故乡放雏鸭的人了。一大群鹅黄色的雏鸭游牧在溪流间。清浅的水，两岸青青的草，一根长长的竹竿在牧人的手里。他的小队伍是多么欢欣地发出啁啾声，又多么驯服地随着他的竿头越过一个田野又一个山坡！　夜来了，帐幕似的竹篷撑在地上，就是他的家。但这是怎样辽远的想象呵！在这多尘土的国土里，我仅只希望听见一点树叶上的雨声。一点雨声的幽凉滴到我憔悴的梦，也许会长成一树圆圆的绿阴来覆荫我自己。

我仰起头。天空低垂如灰色的雾幕，落下一些寒冷的碎屑到我脸上。一只远来的鹰隼仿佛带着怒愤，对这沉重的天色的怒愤，平张的双翅不动地从天空斜插下，几乎触到河沟对岸的土阜，而又鼓扑着双翅，作出猛烈的声响腾上了。那样巨大的翅使我惊异。我看见了它两肋间斑白的羽毛。

接着听见了它有力的鸣声，如同一个巨大的心的呼号，或是在黑暗里寻找伴侣的叫唤。

然而雨还是没有来。

(选自『何其芳散文选集』，百花文艺出版社1986年版)

| 生词

鸽群 [gēqún]	비둘기떼
低弱 [dīruò]	(소리가) 낮고 약하다
笛声 [díshēng]	피리소리, 기적소리 *본문에서는 비둘기가 우는 소리
圈子 [quānzi]	원, 동그라미
消失 [xiāoshī]	사라지다, 없어지다
误认 [wùrèn]	오인하다, 잘못 생각하다
凄冷 [qīlěng]	쌀쌀하다, 서늘하다
来袭 [láixí]	내습하다, 몰려오다
预感 [yùgǎn]	예감하다
将至 [jiāngzhì]	곧 이르다 *본문에서는 (비 바람이) 곧 들이닥치다는 뜻
遂 [suì]	즉시, 곧, 마침내, 결국
过早 [guòzǎo]	너무 이르다
木舍 [mùshè]	나무집 *새는 나무에서 살기 때문에 새의 보금자리를 이렇게 말한 것임
撒 [sǎ]	흩뿌리다, 살포하다
一抹 [yīmǒ]	한 조각, 경미한 흔적
嫩绿 [nènlǜ]	연한 녹색, 연녹색, 파르스름하다
埋掩 [máiyǎn]	묻다, 감추다
憔悴 [qiáocuī]	초췌하다, 파리하다, (식물 따위가) 시들시들하다
洗涤 [xǐdí]	세척하다, 말끔히 씻다
干裂 [gānliè]	말라서 터지다
迟疑 [chíyí]	머뭇거리다, 주저하다

怀想 [huáixiǎng]　그리워하다, 생각하다

隆隆 [lónglóng]　우르릉 *천둥이나 포성이 크게 울리는 소리

搏击 [bójī]　후려치다

茁 [zhuó]　싹이 돋는 모양 *怒茁出来 [nùzhuóchūlái] : 화를 몹시 내다는 뜻이지만 본문에서는 천둥소리와 비소리가 몹시 심하게 나다는 뜻

温存 [wēncún]　부드럽다, 온순하다

抚摩 [fǔmó]　어루만지다, 쓰다듬다

簇生 [cùshēng]　무더기로 자라다

萦绕 [yíngrào]　감돌다, 맴돌다

枯涩 [kūsè]　무미건조하다

阴沉 [yīnchén]　음침하다, 어둡다

鸭 [yā]　오리

烦躁 [fánzào]　초조하다

河沟 [hégōu]　개천, 하천

厌倦 [yànjuàn]　싫증나다, 물리다

划行 [huáxíng]　노를 저으며 나아가다

倒插 [dàochā]　거꾸로 꽂다

蹼趾 [pǔzhǐ]　(개구리·오리 따위의) 물갈퀴

扑击 [pūjī]　치다, 들이치다

贪 [tān]　탐하다, 추구하다

舒息 [shūxī]　여유있게 쉬다

参差 [cēncī]　가지런하지 않다, 들쑥날쑥하다

抚理 [fǔlǐ]　어루만지며 다듬질하다, 어루만지며 빗다

遍体 [biàntǐ]　온몸, 전신

间或 [jiànhuò]　간혹, 때때로, 이따금

扑展 [pūzhǎn]　(날개를) 퍼덕여 펴다 *扑[pū] :

(날개를) 치다, 퍼덕거리다

阔翅 [kuòchì]　　넓은 날개

缀 [zhuì]　　점점이 붙어 있다, 수놓아 있다

坠落 [zhuìluò]　　떨어지다, 떨어뜨리다

藏没 [cángmò]　　깊숙이 집어넣다, 감추다

茸毛 [róngmáo]　　여리고 부드러운 털

放 [fàng]　　놓아 먹이다, 방목하다

雏鸭 [chúyā]　　새끼 오리

鹅黄色 [éhuángsè]　　담황색

游牧 [yóumù]　　자유롭게 놓아 키우다, 유목하다

溪流 [xīliú]　　계곡물, 산골짜기를 흐르는 시내

啁啾 [zhōujiū]　　(새 우는 소리) 짹짹

驯服 [xùnfú]　　(동물이) 온순하다, 순종하다

帐幕 [zhàngmù]　　장막

竹篷 [zhúpéng]　　대나무로 만든 뜸·덮개

撑 [chēng]　　떠받치다, 괴다

辽远 [liáoyuǎn]　　요원하다, 아득히 멀다

幽凉 [yōuliáng]　　그윽하고 신선하다

滴 [dī]　　(빗방울 등이) 듣다, 한방울씩 떨어
지다

长成 [zhǎngchéng]　　자라다, 성장하다

覆荫 [fùyìn]　　가려 그늘지게 하다

低垂 [dīchuí]　　드리우다, 아래로 늘어뜨리다

雾幕 [wùmù]　　안개 막

碎屑 [suìxiè]　　부스러기, 부서진 가루

鹰隼 [yīngsǔn]　　매와 새매

怒愤 [nùfèn]　　분노

平张 [píngzhāng]　　평평하게 펼치다

斜插 [xiéchā]　　비스듬하게 꽂다

土阜 [tǔfù]	흙 언덕
鼓扑 [gǔpū]	(날개를) 부채질하듯이 퍼덕이다
腾 [téng]	힘차게 오르다, 도약하다
肋 [lèi]	옆구리
斑白 [bānbái]	희끗희끗하다
伴侣 [bànlǚ]	짝, 반려자, 동료

老舍 (1899~1966)

我的理想家庭

소설가, 극작가이다. 원명은 舒慶春, 자는 舍予이다. 만주족으로 북경의 어느 가난한 가정에서 태어났다. 1918년 北京師範學校를 졸업하고 초등학교 교장과 중학교 교사를 역임하였다. 1924년부터 영국 런던대학에서 약 6년간 중국어 강사로 지냈으며 이때부터 본격적인 문학창작을 시작하였다. 창작 초기에는 주로 소설를 집필하였고 후기에는 소설보다 극작에 더 심혈을 기울였다. 그의 예술적 매력은 "언어의 미에 있다"고 말할 정도로 그는 언어의 표현력에 뛰어난 재주를 가지고 있었다. 특히 소설 『駱駝祥子』(1939)와 극본 『茶館』(1958)은 언어학자들이 중국 표준어 연구에 있어서 가장 빈번히 이용하고 있는 텍스트이다. 그는 일생동안 시, 소설, 희곡, 산문 등 모든 장르에 걸쳐 창작을 남겼으며 그 분량 또한 상당량에 이른다. 대표적인 문집으로는 1980년 人民文學出版社가 출판한 『老舍文集』(16권)이 있다.

我的理想家庭

老舍

　　一个二十多岁的小伙子，讲恋爱，讲革命，讲志愿，似乎天地之间，唯我独尊，简直想不到组织家庭——结婚既是爱的坟墓，家庭根本上是英雄好汉的累赘。及至过了三十，革命成功与否，事情好歹不论，反正领略够了人情世故，壮气就差点事儿了。虽然明知家庭之累，等于投胎为马为牛，可是人生总不过如此，多少也都得经验一番，既不坚持独身，结婚倒也还容易。于是发帖子请客，笑着开驶倒车，苦乐容或相抵，反正至少凑个热闹。到了四十，儿女已有二三，贫也好富也好，自己认头苦曳，对于年轻的朋友已经有好些个事儿说不到一处，而劝告他们老老实实的结婚，好早生儿养女，即是话不投缘的一例。到了这个年纪，设若还有理想，必是理想的家庭。倒退二十年，连这么一想也觉泄气。人生的矛盾可笑即在于此，年轻力壮，力求事事出轨，决不甘为火车；及至中年，心理的，生理的，种种理的什么什么，都使他不但非作火车不可，且作货车焉。把当初与现在一比较，判若两人，足够自己笑半天的！或有例外，实不多见。

明年我就四十了，已具说理想家庭的资格；大不必吹，盖亦自嘲。

我的理想家庭要有七间小平房：一间是客厅，古玩字画全非必要，只要几张很舒服宽松的椅子，一二小桌。一间书房，书籍不少，不管什么头版与古本，而都是我所爱读的。一张书桌，桌面是中国漆的，放上热茶杯不至烫成个圆白印儿。文具不讲究，可是都很好用。桌上老有一两枝鲜花，插在小瓶里。两间卧室，我独据一间，没有臭虫，而有一张极大极软的床。在这个床上，横睡直睡都可以，不论怎睡都一躺下就舒服合适，好像陷在棉花堆里，一点也不硬碰骨头。还有一间，是预备给客人住的。此外是一间厨房，一个厕所，没有下房，因为根本不预备用仆人。家中不要电话，不要播音机，不要留声机，不要麻将牌，不要风扇，不要保险柜。缺乏的东西本来很多，不过这几项是故意不要的，有人白送给我也不要。

院子必须很大。靠墙有几株小果木树。除了一块长方的土地，平坦无草，足够打开太极拳的，其他的地方就都种着花草——没有一种珍贵费事的，只求昌茂多花。屋中至少有一只花猫，院中至少也有一两盆金鱼；小树上悬着小笼，二三绿蝈蝈随意地鸣着。

这就该说到人了。屋子不多，又不要仆人，人口自然不能很多：一妻和一儿一女就正合适。先生管擦地板与玻璃，打扫院子，收拾花木，给鱼换水，给蝈蝈一两块绿黄瓜或几个毛豆；并管上街送信买书等事宜。太太管做饭，女儿任助手——顶好是十二三岁，不准小也不准大，老是十二三岁。儿子顶好是三岁，既会讲话，又胖胖的会淘气。母女于做饭之外，就做点针线，看小弟弟。大件衣服拿到外边去洗，小件的随时自己涮一涮。

既然有这么多工作，自然就没有多少工夫去听戏看电影。不过在过生日的时候，全家就出去玩半天；接一位亲或友的老太太给看家。过生日什么的永远不请客受礼，亲友家送来的红白帖子，就一概扔在字纸篓里，除非那真需要帮助的，才送一些干礼去。到过节过年的时候，吃食从丰，而且可以买一通纸牌，大家打打"索儿胡"，赌铁蚕豆或花生米。

男的没有固定的职业；只是每天写点诗或小说，每千字卖上四五十元钱。女的也没事做，除了家务就读些书。儿女永不上学，由父母教给画图，唱歌，跳舞——乱蹦也算一种舞法——和文字，手工之类。等到他们长大，或者也会仗着绘画或写文章卖一点钱吃饭；不过这是后话，顶好暂且不提。

这一家子人，因为吃得简单干净，而一天到晚又不闲着，所以身体都很不坏。因为身体好，所以没有肝火，大家都不爱闹脾气。除了为小猫上房，金鱼甩子等事着急之外，谁也不急叱白脸的。

大家的相貌也都很体面，不令人望而生厌。衣服可并不讲究，都做得很结实朴素：永远不穿又臭又硬的皮鞋。男的很体面，可不露电影明星气；女的很健美，可不红唇鬈毛的鼻子朝着天。孩子们都不卷着舌头说话，淘气而不讨厌。

这个家庭顶好是在北平，其次是成都或青岛，至坏也得在苏州。无论怎样吧，反正必须在中国，因为中国是顶文明顶平安的国家；理想的家庭必在理想的国内也。

(选自『老舍文集』第十四卷，人民文学出版社1989年版)

| 生词

唯我独尊 [wéiwǒdúzūn]	유아독존
坟墓 [fénmù]	무덤
累赘 [léizhui]	번거롭다, 귀찮게 하다
及至 [jízhì]	…에 이르러, …의 때가 되면
好歹 [hǎodǎi]	좋은 것과 나쁜 것
领略 [lǐnglüè]	(체험·관찰 등으로) 이해하다, 깨닫다
壮气 [zhuàngqì]	왕성한 기운
差点事儿 [chàdiǎnshìr]	좀 뒤떨어지다, 좀 못해지다, 좀 처지다
投胎 [tóutāi]	환생하다
帖子 [tiězi]	초대장, 청첩장
开驶倒车 [kāishǐdàochē]	차를 뒤로 몰다
容或 [rónghuò]	아마, 혹시 (…일지 모른다)
相抵 [xiāngdǐ]	맞먹다, 서로 맞비기다, 상쇄하다
凑热闹 [còurènào]	더욱 귀찮게 하다, 성가시게 하다
认头 [rèntóu]	마지못해 인정하다, 어쩔 수 없이 … 하다, 체념하다
苦曳 [kǔyè]	괴롭고 고달프다
劝告 [quàngào]	권고하다, 충고하다
老老实实 [lǎolǎoshíshí]	아주 성실하다, 정직하다
生儿养女 [shēngéryǎngnǚ]	아들 딸을 낳아 기르다
投缘 [tóuyuán]	서로 맞다, 의기 투합하다
设若 [shèruò]	만일, 만약
倒退 [dàotuì]	뒤로 물러나다, 후퇴하다
泄气 [xièqì]	한심하다
力壮 [lìzhuàng]	기운차다

出轨 [chūguǐ]　　　　　궤도를 이탈하다, 탈선하다
不甘 [bùgān]　　　　　…를 달가와 하지 않다, 원하지 않다
判若两人[pànruòliǎngrén]　전혀 다른 사람 같다
具 [jù]　　　　　　　　갖추다, 구비하다
吹 [chuī]　　　　　　　허풍떨다
自嘲 [zìcháo]　　　　　자조하다
平房 [píngfáng]　　　　단층집
古玩 [gǔwán]　　　　　골동품
字画 [zìhuà]　　　　　서화, 글씨와 그림
宽松 [kuānsōng]　　　　넉넉하다
不管 [bùguǎn]　　　　　…에 관계 없이, …를 막론하고
头版 [tóubǎn]　　　　　(신문 따위의) 제1면
漆 [qī]　　　　　　　　옻칠하다
烫 [tàng]　　　　　　　뜨겁다, 데우다
印儿 [yìnr]　　　　　　자국, 흔적
独居 [dújū]　　　　　　혼자살다, 독거하다
臭虫 [chòuchóng]　　　　빈대
陷 [xiàn]　　　　　　　빠지다
棉花堆 [miánhuāduī]　　목화 더미
硬碰 [yìngpèng]　　　　딱딱하게 부딪치다
预备 [yùbèi]　　　　　예비하다, 준비하다
下房 [xiàfáng]　　　　하인(머슴)이 거처하는 방
用仆人 [yòngpúrén]　　고용인, 하인
播音机 [bōyīnjī]　　　확성기
留声机 [liúshēngjī]　　유성기, 축음기
麻将牌 [májiàngpái]　　마작의 패
风扇 [fēngshàn]　　　　(옛날의 수동식) 선풍기
保险柜 [bǎoxiǎnguì]　　(대형) 금고(金庫)
果木树 [guǒmùshù]　　　과일 나무

平坦 [píngtǎn]　　　　　　평탄하다
太极拳 [tàijíquán]　　　　　태극권
费事 [fèishì]　　　　　　　힘을 들이다, 품을 들이다
昌茂 [chāngmào]　　　　　우거지다, 번성하다
花猫 [huāmāo]　　　　　　얼룩 고양이
金鱼 [jīnyú]　　　　　　　금붕어
悬 [xuán]　　　　　　　　걸다, 매달다
蝈蝈 [guōguō]　　　　　　철써기
随意 [suíyì]　　　　　　　마음대로, 뜻대로
先生 [xiānsheng]　　　　　남편, 바깥 양반
地板 [dìbǎn]　　　　　　　마루
黄瓜 [huángguā]　　　　　오이
毛豆 [máodòu]　　　　　　풋콩, 청대콩
事宜 [shìyí]　　　　　　　사무, 일
淘气 [táoqì]　　　　　　　장난이 심하다
针线 [zhēnxian]　　　　　　바느질, 재봉
涮 [shuàn]　　　　　　　물로 흔들어 씻다, 헹구다
受礼 [shòulǐ]　　　　　　　선물을 받다
字纸篓 [zìzhǐlǒu]　　　　　휴지통
干礼 [gānlǐ]　　　　　　　답례로 물건 대신에 보내는 돈
吃食 [chīshi]　　　　　　　음식물
从丰 [cóngfēng]　　　　　　풍부하다, 충분하다
纸牌 [zhǐpái]　　　　　　　트럼프 등에 쓰이는 카드
铁蚕豆 [tiěcándòu]　　　　껍질째 볶은 누에콩
花生米 [huāshēngmǐ]　　　땅콩 알맹이
蹦 [bèng]　　　　　　　　껑충 뛰다, 뛰어오르다
手工 [shǒugōng]　　　　　수공, 손으로 하는 공예
仗 [zhàng]　　　　　　　의지하다
家子 [jiāzi]　　　　　　　가족

肝火 [gānhuǒ]　　　　　　　　　　화, 짜증, 신경질
闹脾气 [nàopíqi]　　　　　　　　　성을 내다, 노하다
甩子 [shuǎizǐ]　　　　　　　　　　(물고기·벌레가) 알을 낳다, 산란하다
急叱白脸 [jíchìbáiliǎn]　　　　　　핏대를 올리다, (얼굴이) 불그락 푸
　　　　　　　　　　　　　　　　　르락하다

相貌 [xiàngmào]　　　　　　　　　용모
体面 [tǐmian]　　　　　　　　　　어엿하다, (얼굴이) 보기 좋다
生厌 [shēngyàn]　　　　　　　　　싫증이 나다
结实 [jiēshi]　　　　　　　　　　질기다
健美 [jiànměi]　　　　　　　　　건강하고 아름답다
红唇鬈毛 [hóngchúnquánmáo] 붉은 입술과 곱슬 머리
卷舌头 [juǎnshétou]　　　　　　혀를 말다, (놀라서) 말을 못하다
讨厌 [tǎoyàn]　　　　　　　　　밉살스럽다, 혐오스럽다
至坏 [zhìhuài]　　　　　　　　　아무리 못해도

林语堂 (1895~1976)

论性的吸引力

　산문작가, 언어학자이다. 원명은 林玉堂이며 福建省 龍溪縣 사람이다. 1919년 미국 하버드 대학과 독일의 예나 대학과 라이프치 대학에서 수학하고 철학박사 학위를 받았다. 1922년 귀국하여 북경대학 영문과 교수로 재직하면서 語絲社 활동에 참가하여 당시 사회의 암울한 현실을 반영한 시와 산문 작품을 발표하였다. 1932년에는 『論語』를 창간하고 이어서 『人間世』, 『宇宙風』 등의 잡지를 창간하여 주로 유머와 풍자적인 색채를 띤 작품을 발표하였다. 1936년 중국을 떠나 미국으로 갔으며 해외에서도 많은 작품을 영문으로 발표하였다. 특히 인생의 고락을 묘사한 장편소설 『京華煙雲』은 노벨 문학상 후보로 오를 정도로 해외에서 인정을 받기도 하였다. 1966년 30년이 넘은 해외 생활을 정리하고 대만으로 돌아와 생활하다가 1976년 지병으로 홍콩에서 세상을 떴다. 대표적인 산문집으로는 『剪拂集』(1934), 『語堂文存』(1941), 『愛與諷刺』(1941), 『我的話』(1948), 『無所不談一集·二集』(1967) 등이 있다.

论性的吸引力

林语堂

　　女人的权利和社会特权虽然已经增加了，可是我始终认为甚至在现代的美国，女人还没有享受到公平的待遇。我希望我的印象是错误的，我希望在女人的权利增加了的时候，尊重闺秀之侠义并没有减少。因为一方面有尊重闺秀之侠义，或对女人有真正的尊敬；另一方面任女人去用钱，随意到什么地方去，担任行政的工作，并且享有选举权——这两样东西不一定是相辅而行的。据我(一个抱着旧世界的观念的旧世界公民)看来，有些东西是重要的，有些东西是不重要的；美国女人在一切不重要的东西那方面，是比旧世界的女人更前进的，可是在一切重要的东西这方面，所占的地位是差不多一样的。无论如何，我们看不见什么现象可以证明美国人尊重闺秀之侠义比欧洲人更大。美国女人所拥有的真权力还是在她的传统的旧皇座——家庭的炉边——上产生出来的；她在这个皇座上是一位以服役为任务的快乐天使。我曾经看见过这种天使，可是只在私人家庭的神圣处所看见，在那里，一个女人在厨房中或客厅中走动着，成为一个奉献于家庭之爱的家庭中的真主妇。不知怎样，她是充满着光辉的，这种光辉在办公室里是找不到的，是不相称的。

这只是因为女人穿起薄纱的衣服比穿起办公外套妩媚可爱吗？　抑只是我的幻想？　女人在家如鱼得水，问题的要点便在这个事实上。如果我们让女人穿起办公外套来，男人便会当她们做同事，有批评她们的权利；可是如果我们让她们在每天七小时的办公时间中，有一小时可以穿起乔其绉纱或薄纱的衣服，飘飘然走动着，那么，男人一定会打消和他们竞争的念头，只坐在椅上目瞪口呆地看着她们。女人做起刻板的公务时，是很容易循规蹈矩的，是比男人为更优良的日常工作人员，可是一旦办公室的空气改变了，例如当办公室人员在婚礼的茶会席上见面时，你便会看见女人马上独立起来，她们或劝男同事或老板去剪一次头发，或告诉他们到什么地方去买一种去掉头垢的最佳药水。女人在办公室里说话很有礼貌，在办公室外说话却有权威呢。

由男人的观点上坦白地说来——装模作样用另一种态度说来是毫无用处的——我想在公众场所中，女人的出现是很能增加生活的吸引力和乐趣的，无论是在办公室里或在街上，男人的生活是比较有生气的；在办公室里，声音是更柔和的，色泽是更华丽的，书台是整洁的。同时我想天赋的两性吸引力的欲望一点也不曾改变过。而且在美国，男人是更幸福的，因为以注意性的诱惑一方面而言，美国女人是比(举例来说)中国女人更努力于取悦男人的。我的结论是：西洋的人太注意性的问题，而太不注意女人。

西洋女人在修饰头发上，所花的功夫和过去的中国女人差不多是一样多的；她们对于打扮是比较公开的，是随时随地这样做的；她们对于食物的规定，运动，按摩，和读广告，是比较用心的，因为她们要保持身体的轮廓；她们躺在床上做腿部的运动是比较虔诚的，因为她们要使腰部变细；她们到年纪很大的时候还在打扮面孔，还在染发，在年纪那么大的中国女人是不会这样做的。她们用在洗涤药水和香水上的金钱是越来越多的；美容的用品，日间用的美容霜，夜间用的美容霜，洗脸用的霜，涂粉前擦在皮肤上的霜，用在脸上的霜，用在手上的霜，用在皮肤毛孔上的霜，柠檬霜，皮肤晒黑时所用的油，消灭皱纹的油，龟类制成的油，以及各式各样的香油的生意，是越做越大的。也许这只是因为美国女人的时间和金钱较多。也许她们穿起衣服来取悦男人，脱起衣服来取悦自己，或者脱起衣服来取悦男人，穿起衣服来取悦自己，或者同时在取悦男人和自己。也许其原因仅是由于中国女人的现代美容用品较少，因为讲到女人吸引男人的欲望时，我很不愿意在各种族间加以区别。中国女人在五十年前缠足以图取悦男人，现在却欢欢喜喜脱下"弓鞋"，穿起高跟鞋来。我平常不是先知者，可是我敢用先知般的坚信说：在不久的将来，中国女人每天早晨一定会费十分钟的工夫，将两腿作一高一低的运动，以取悦她们的丈夫或她们自己。然而有一个事实是很明显的：美国女人现在似乎想在肉体的性诱惑和服装的性诱惑等方面多用点工夫，企图用这方法更努力的去取悦男人。结果在公园里或街上的女人，大抵都有更优美的体态和服装，这应该归功于女人天天保持身体轮廓的不断努力——使男人大为快活。可是我想这一定很耗费她们的脑筋的。当我讲到性的诱惑时，我的意思是把它和母性的诱惑，或整个女人的诱惑作一个对比。我想这一方面的现代文明，已经在现代的恋爱和婚姻之间表现其特性了。

艺术使现代人有着性的意识。这一点我是不怀疑的。第一步是艺术，第二步是商业对于女人身体的利用，由身体上的每一条曲线一直利用到肌肉的波动上去，最后一步是涂脚趾甲。我不曾看见过女人的身体的每一部分那么完全受商业上的利用，我不很明白美国女人对于利用她们的身体这件事情，为什么服从得那么温顺。在东方人看来，要把这种商业上利用女性身体的行为，和尊敬女人的观念融合起来，是很困难的。艺术家称之为美，剧院观众称之为艺术，只有剧本演出的监督和剧院经理老老实实称之为性的吸引力，而一般男人是很快活的。女人受商业上的利用而脱起衣服来，可是男人除了几个卖艺者之外，是几乎都不脱衣服的：这是一个男人所创造和男人所统治的社会的特点。在舞台上我们看见女人差不多一丝不挂，而男人却依旧穿晨礼服，结黑领带；在一个女人所统治的世界里，我们一定会看见男人半裸着，而女人却穿着裙。艺术家把男女的身体构造作同等的研究，可是要把他们所研究的男人身体之美应用到商业上去，却有点困难，剧院要一些人脱光衣服去嘲弄观众，可是普遍总是要女人脱光衣服去嘲弄男人，而不要男人脱光衣服去嘲弄女人。甚至在比较上等的表演中，当人们要同时注重艺术和道德的时候，他们总是让女人去注重艺术，男人去注重道德，而不曾要女人去注重道德，男人去注重艺术的。(在剧院游艺表演中，男演员只是表演一些滑稽的样子，甚至在跳舞方面也是如此，这样说便是"艺术化"的表演了。)商业广告才采取这个主题，用无数不同的方法把它表现出来，因此今日的人要"艺术化"的时候，只需拿起一本杂志，把广告看一下。结果女人自己深深感觉到她们须实行艺术化的天职，于是不知不觉地接受了这种观念，故意饿着肚子，或受着按摩及其他严格的锻炼，以期使这个世界更加美丽。思想较不清楚的女人几乎以为她们要得到男人，占有男人，唯一的方法是利用性的吸引力。

我觉得如此过分着重性吸引力的观念之中，有着一种对于女人整个天性的不成熟和不适当的见解，结果影响到恋爱和婚姻的性质，弄得恋爱和婚姻的观念也变成谬误的，或不适当的观念。这么一来，人们比较把女人视为配偶，而不大注意她们做主妇的地位。

女人是同时做妻子和母亲的，可是以今日一般人对于性的注重的情形看来，配偶的观点是取母亲的观念而代之了；我坚决的主张说，女人只有在做母亲的时候，才达到她的最高的境地，如果一个妻子故意不立刻成为母亲的话，她便是失掉了她大部分的尊严和端庄，而有变为玩弄物的危险。在我看来，一个没有孩子的妻子就是情妇，而一个有孩子的情妇就是妻子，不管他们的法律地位如何。孩子把情妇的地位提高起来，使她变得神圣了，而没有孩子却是妻子的耻辱。许多现代女人不愿生孩子，因为怀孕会破坏她们的体态：这是很明显的事实。

好色的本能对于丰富的生命确有相当的贡献，可是这种本能也会用得过度，因而妨害女人自己。为保存性的吸引力起见，努力和奋发是需要的，这种努力和奋发当然只消耗了女人的精神，而不消耗男人的精神的。这也是不公平的，因为世人既然看重美丽和青春，那么中年的女人只好跟白发和年岁作绝望的斗争了。有一位中国青年诗人已经警告我们说，青春的泉源是一种愚弄人的东西，世间还没有人能够以"绳系日"，使它停住不前。这么一来，中年的女人企图保存性的吸引力，无异是和年岁作艰苦的赛跑，这是十分无意义的事情。只有幽默感才能够解决这个问题。如果和老年与白发作绝对的斗争是徒然的事情，那么，为什么不说白发是美丽的呢？朱杜唱道：

> 白发新添数百茎，
> 几番拔尽白还生；
> 不如不拔由他白，
> 那得工夫会白争？

这一切情形是不自然的，不公平的。这对母亲和较老的女人是不公平的，因为正如一个超等体重的拳斗大王必须在几年内把他的名位让给一个较年轻的挑战者一样，也正如一只得锦标的老马必须在几年内把荣誉让给一只较年轻的马一样，年老的女人和年轻的女人斗争起来必定失败，这是不要紧的，因为她们终究都是和同性的人斗争。中年的女人与年轻的女人在性的吸引力方面竞争，那是愚蠢的，危险的，绝望的事情。由另一方面看起来，这也是愚蠢的，因为一个女人除了性之外还有别的东西，恋爱和求婚虽然在大体上须以肉体的吸引为基础，可是较成熟的男人或女人应该已经度过这个时期了。

我们知道人类是动物中最好色的动物。然而，除了这个好色的本能之外，他也有一种同样强烈的父母的本能，其结果便是人类家庭生活的实现。我们和多数的动物同有好色和父性的本能，可是我们似乎是在长臂猿中，才初次发见人类家庭生活的雏形。然而，在一个过分熟悉的人类文化中，在艺术，电影和戏剧中不断的性欲刺激之下，好色的本能颇有征服家庭的本能的危险。在这么一种文化中，人们会轻易忘掉家庭理想的需要，尤其是在个人主义的思潮同时也存在着的时候。所以，在这么一种社会中，我们有一种奇怪的婚姻见解，以为婚姻只是不断的亲吻，普通以婚礼的钟声为结局，又有一种关于女人的奇怪见解，以为女人主要的任务是做男人的配偶，而不是做母亲。于是，理想的女人变成了一个有完美的体态和肉体美的青年女人；然而在我的心目中，女人站在摇篮旁边时是最美丽不过的，女人抱着婴孩时，拉着一个四五岁的孩子时，是最端庄最严肃不过的，女人躺在床上，头靠着枕头，和一个吃乳的婴儿玩着时(像我在一幅西洋绘画上所看见的那样)是最幸福不过的。也许我有一种母性的错综(amotherhood complex)，可是那没有关系，因为心理上的错综对于中国人是无害的。如果你说一个中国人有一种母与子的错综或父与女的错综，这句话在我看来总觉得是可笑的，不可信的。我可以说，我关于女人的见解不是发源于一种母性的错综，而是由于中国家族理想的影响。

(选自『林语堂散文』第二卷，河北人民出版社1992年版)

▍生词

闺秀 [guīxiù]	규수
侠义 [xiáyì]	의협심이 강하다
相辅而行 [xiāngfǔérxíng]	서로 도와서 진행하다, 서로 합심하여 해나가다
拥有 [yōngyǒu]	(토지·인구·재산 따위를) 보유하다
皇座 [huángzuò]	제1위, 수위
以…为… [yǐ…wéi…]	…을 …(으)로 여기다, 삼다
服役 [fúyì]	부역하다, 병역에 복무하다
奉献于 [fèngxiànyú]	…에 삼가 바치다
光辉 [guānghuī]	광휘, 찬란한 빛
相称 [xiāngchèn]	서로 걸맞다, 적합하다
薄纱 [báoshā]	얇고 투명한 천, 레이스 천
妩媚 [wǔmèi]	자태가 곱다, 예쁘고 사랑스럽다
抑 [yì]	혹은, 아니면, 그렇지 않으면
如鱼得水 [rúyúdéshuǐ]	물고기가 물을 만난 것 같다
乔其绉纱 [qiáoqízhòushā]	깔깔이, 얇고 촉감이 깔깔한 천
飘然 [piāorán]	나풀거리는 모양
打消 [dǎxiāo]	(생각 따위를) 단념하다, 버리다, 지우다
目瞪口呆 [mùchéngkǒudāi]	눈을 크게 뜨고 입을 딱 벌리다
刻板 [kèbǎn]	융통성이 없다, 판에 박은 듯하다
循规蹈矩 [xúnguīdǎojǔ]	규율을 잘 지키다
茶会 [cháhuì]	다과회
去掉 [qùdiào]	없애버리다, 제거하다
头垢 [tóugòu]	머리비듬

由 [yóu]　　　　　　　　　　…에 의해, …으로 *근거나 구성요
　　　　　　　　　　　　　　　소를 나타냄

装模作样 [zhuāngmúzuòyàng] 허세를 부리다, 거드름을 피우다

毫无 [háowú]　　　　　　　　조금도 …이 없다

柔和 [róuhé]　　　　　　　　부드럽다

色泽 [sèzé]　　　　　　　　　빛깔과 광택

天赋 [tiānfù]　　　　　　　　천부, 선천적인 것

不曾 [bùcéng]　　　　　　　…않다 *(=没有)

诱惑 [yòuhuò]　　　　　　　유혹하다

取悦 [qǔyuè]　　　　　　　　(남의) 환심을 사다, 비위를 맞추다

修饰 [xiūshì]　　　　　　　　꾸미다, 장식하다, 손질하다

轮廓 [lúnkuò]　　　　　　　윤곽

虔诚 [qiánchéng]　　　　　　경건하고 정성스럽다

洗涤 [xǐdí]　　　　　　　　　세척하다, 말끔히 씻다

涂 [tú]　　　　　　　　　　바르다, 칠하다

涂粉 [túfěn]　　　　　　　　분을 바르다

柠檬 [níngmén]　　　　　　레몬

皱纹 [zhòuwén]　　　　　　주름, 주름살

加以 [jiāyǐ]　　　　　　　　…을 가하다

缠足 [chánzú]　　　　　　　전족(하다)

图 [tú]　　　　　　　　　　꾀하다, 바라다

弓鞋 [gōngxié]　　　　　　　옛날 전족을 한 여자가 신던 작은 가
　　　　　　　　　　　　　　죽신

般 [bān]　　　　　　　　　…같은

大抵 [dàdǐ]　　　　　　　　대략, 대체로, 대개

归功于 [guīgōngyú]　　　　　공로를 …에게 돌리다, …의 덕택이다

耗费 [hàofèi]　　　　　　　낭비하다, 소비하다

脚趾甲 [jiǎozhǐjiǎ]　　　　　발톱

老实 [lǎoshí]　　　　　　　솔직하다, 정직하다

卖艺 [màiyì]　　　　　　기예를 팔아 생활하다 *卖艺人 : 연예인

一丝不挂 [yīsībùguà]　　실 한 오라기도 걸치지 않다

依旧 [yījiù]　　　　　　예전대로, 여전하다

结领带 [jiélǐngdài]　　　넥타이를 매다 *系[jì] ～

半裸 [bànluǒ]　　　　　반은 드러내다, 반은 벌거벗다

嘲弄 [cháonòng]　　　　조롱하다, 놀려먹다

滑稽 [huájī]　　　　　　익살맞다, 익살스럽다

只须 [zhǐxū]　　　　　　다만 …만하면

天职 [tiānzhí]　　　　　천직

以期 [yǐqī]　　　　　　…을 목적으로 하여

弄得 [nòngdé]　　　　　…하게 하다(되다)

谬误 [miùwù]　　　　　오류, 잘못

配偶 [pèiǒu]　　　　　　배필, 배우자

玩弄 [wánnòng]　　　　희롱하다, 놀리다

耻辱 [chǐrǔ]　　　　　　치욕

怀孕 [huáiyùn]　　　　　임신하다

好色 [hàosè]　　　　　　여색을 좋아하다

为…起见 [wèi…qǐjiàn]　…의 목적으로, …하기 위해

消耗 [xiāohào]　　　　　소비하다, 소모하다

泉源 [quányuán]　　　　원천, 근원

愚弄 [yúnòng]　　　　　바보취급하다, 우롱하다

无异 [wúyì]　　　　　　다르지 않다, 똑같다

徒然 [túrán]　　　　　　쓸데없다, 헛되다, 소용없다

拳头大王 [quántóudàwáng]　권투챔피언

锦标 [jǐnbiāo]　　　　　우승컵, 우승패

终究 [zhōngjiū]　　　　결국, 필경

愚蠢 [yúchǔn]　　　　　우둔하다, 어리석다

长臂猿 [chángbìyuán]　　긴팔원숭이

雛形 [chúxíng]   추형, 형태가 고정되기 전의 최초의
                        형식
颇有 [pōyǒu]   흔히 있다, 적지 않다
摇篮 [yáolán]   요람
…不过 […bùguò]   (형용사 뒤에 쓰여) 대단히, 몹시
吃乳 [chīrǔ]   젖을 먹다
错综 [cuòzōng]   뒤섞다, 콤플렉스(Complex)

钱锺书 (1910~)

说笑

문학가, 학자이다. 자는 默存, 호는 槐聚이며 江蘇省 無錫 사람이다. 1933년 淸華大學 외국어 학과를 졸업하고 1935년 영국 옥스퍼드 대학에 유학하여 박사 학위를 받았다. 1937년 귀국 후 西南聯大, 曁南大學 등의 교수를 역임하였고, 1949년 이후에는 淸華大學 교수로 재직하면서 중국 고전문학, 외국문학, 미학, 심리학, 역사학 등 다방면에 걸쳐 뛰어난 연구업적을 발표하였다. 이 때문에 혹자들은 그의 저작들을 "文化昆侖"이라 일컫는다. 그는 박식하여 문학창작에서도 자신만의 독특한 풍격을 과시하였으며 산문과 소설 분야에서 훌륭한 작품들을 창작하였다. 1947년 발표한 장편소설 『圍城』은 당시 중국 현대 지식인들의 세계를 그린 것으로 1990년 드라마로 제작되어 선풍적인 인기를 끌기도 하였다. 그의 저작으로는 산문집 『寫在人生邊上』(1941), 단편 소설집 『人·獸·鬼』, 시문평론 『談藝錄』, 고전연구 논저 『管錐編』등이 있으며, 이외에 다수의 연구 저서와 논문들이 있다.

说笑

钱钟书

　　自从幽默文学提倡以来，卖笑变成了文人的职业。幽默当然用笑来发泄，但是笑未必就表示着幽默。刘继庄《广阳杂记》云："驴鸣似哭，马嘶如笑。"而马并不以幽默名家，大约因为脸太长的缘故。老实说，一大部分人的笑，也只等于马鸣萧萧，充不得什么幽默。

　　把幽默来分别人兽，好像亚理士多德是第一个。他在《动物学》里说："人是唯一能笑的动物。"近代奇人白伦脱(W.S.Blunt)有《笑与死》的一首十四行诗，略谓自然界如飞禽走兽之类，喜怒爱惧，无不发为适当的声音，只缺乏表示幽默的笑声。不过，笑若为表现幽默而设，笑只能算是废物或者奢侈品，因为人类并不都需要笑。禽兽的鸣叫，尽够来表达一般人的情感，怒则狮吼，悲则猿啼，争则蛙噪，遇冤家则如犬之吠影，见爱人则如鸠之呼妇(cooing)。请问多少人真有幽默，需要笑来表现呢？然而造物者已经把笑的能力公平地分给了整个人类，脸上能做出笑容，嗓子里能发出笑声；有了这种本领而不使用，未免可惜。所以，一般人并非因有幽默而笑，是会笑而借笑来掩饰他们的没有幽默。笑的本意，逐渐丧失；本来是幽默丰富的流露，慢慢地变成了幽默贫乏的遮盖。于是你看见傻子的呆笑，瞎子的趁淘笑——还有风行一时的幽默文学。

　　笑是最流动、最迅速的表情，从眼睛里泛到口角边。东方朔《神异经·东荒经》载东王公投壶不中，"天为之笑"，张华注说天笑即是闪电，真是绝顶聪明的想象。据荷兰夫人(LadyHolland)的《追忆录》，薛德尼斯密史(Sidney Smith)也曾说："电光是天的诙谐(Wit)。"笑的确可以说是人面上的电光，眼睛忽然增添了明亮，唇吻间闪烁着牙齿的光芒。我们不能扣留住闪电来代替高悬普照的太阳和月亮，所以我们也不能把笑变为一个固定的、集体的表情。经提倡而产生的幽默，一定是矫揉造作的幽默。这种机械化的笑容，只像骷髅的露齿，算不得活人灵动的姿态。柏格森《笑论》说，一切可笑都起于灵活的事物变成呆板，生动的举止化作机械式。所以，复出单调的言动，无不惹笑，像口吃，像口头习惯语，像小孩子的有意模仿大人。老头子常比少年人可笑，就因为老头子不如少年人灵变活动，只是一串僵化的习惯。幽默不能提倡，也是为此。一经提倡，自然流露的弄成模仿的，变化不居的弄成刻板的。这种幽默本身就是幽默的资料，这种笑本身就可笑。一个真有幽默的人别有会心，欣然独笑，冷然微笑，替沉闷的人生透一口气。也许要在几百年后、几万里外，才有另一个人和他隔着时间空间的河岸，莫逆于心，相视而笑。假如一大批人，嘻开了嘴，放宽了嗓子，约齐了时刻，成群结党大笑，那只能算下等游艺场里的滑稽大会串。国货提倡尚且增添了冒牌，何况幽默是不能大批出产的东西。所以，幽默提倡以后，并不产生幽默家，只添了无数弄笔墨的小花脸。挂了幽默的招牌，小花脸当然身价大增，脱离戏场而混进文场；反过来说，为小花脸冒牌以后，幽默品格降低，一大半文艺只能算是"游艺"。小花脸也使我们笑，不错！但是他跟真有幽默者绝然不同。真有幽默的人能笑，我们跟着他笑；假充幽默的小花脸可笑，我们对着他笑。小花脸使我们笑，并非因为他有幽默，正因为我们自己有幽默。

所以，幽默至多是一种脾气，决不能标为主张，更不能当作职业。我们不要忘掉幽默(Humour)的拉丁文原意是液体；换句话说，好像贾宝玉心目中的女性，幽默是水做的。把幽默当为一贯的主义或一生的衣食饭碗，那便是液体凝为固体，生物制成标本。就是真有幽默的人，若要卖笑为生，作品便不甚看得，例如马克·吐温。自十八世纪末叶以来，德国人好讲幽默，然而愈讲愈不相干，就因为德国人是做香肠的民族，错认幽默也像肉末似的，可以包扎得停停当当，作为现成的精神食料。幽默减少人生的严重性，决不把自己看得严重。真正的幽默是能反躬自笑的，它不但对于人生是幽默的看法，它对于幽默本身也是幽默的看法。提倡幽默作为一个口号，一种标准，正是缺乏幽默的举动；这不是幽默，这是一本正经的宣传幽默，板了面孔的劝笑。我们又联想到马鸣萧萧了!听来声音倒是笑，只是马脸全无笑容，还是拉得长长的，像追悼会上后死的朋友，又像讲学台上的先进的大师。

大凡假充一桩事物，总有两个动机。或出于尊敬，例如俗物尊敬艺术，就收集骨董，附庸风雅。或出于利用，例如坏蛋有所企图，就利用宗教道德，假充正人君子。幽默被假借，想来不出这两个缘故。然而假货毕竟充不得真。西洋成语称笑声清扬者为"银笑"，假幽默像掺了铅的伪币，发出重浊呆木的声音，只能算铅笑。不过，"银笑"也许是卖笑得利，笑中有银之意，好比说"书中有黄金屋"；姑备一说，供给辞典学者的参考。

(选自《钱钟书散文》，浙江文艺出版社1997年版)

┃ 生词

卖笑 [màixiào]　　　　　　웃음을 팔다

发泄 [fāxiè]　　　　　　　(불만·감정 따위를) 털어 놓다, 발산
　　　　　　　　　　　　하다

刘继庄 [Liújìzhuāng]　　　(人名) 유계장 *청대 사람으로 본명
　　　　　　　　　　　　은 유헌연(刘献延)이고 자는 계장
　　　　　　　　　　　　(继庄), 호는 광양자(广阳子)이다

驴 [lú]　　　　　　　　　(당)나귀

鸣 [míng]　　　　　　　　(짐승·벌레 등이) 울다

嘶 [sī]　　　　　　　　　(말이) 울다, 목이 쉬다

萧萧 [xiāoxiāo]　　　　　　(말이 우는 소리) 히잉

充不得 [chōngbude]　　　…인 것으로 간주할 수 없다, …로
　　　　　　　　　　　　가장할 수 없다

亚理士多德 [Yàlǐshìduōdé]　(人名) 아리스토텔레스

白伦脱 [Báilúntuō]　　　　(人名) 블룬트(W.S. Blunt)

奢侈品 [shēchǐpǐn]　　　　사치품

狮吼 [shīhǒu]　　　　　　사자의 포효 소리

猿啼 [yuántí]　　　　　　원숭이의 울음, 원숭이가 울다

蛙噪 [wāzào]　　　　　　개구리 울음, 개구리가 울다

冤家 [yuānjiā]　　　　　　원수

犬之吠影 [quǎnzhīfèiyǐng]　진상도 모르고 남을 따라 말하다 *
　　　　　　　　　　　　一犬吠形, 百犬吠声 : 개 한 마리
　　　　　　　　　　　　가 그림자를 보고 짖으면 뭇개들이
　　　　　　　　　　　　따라 짖는다는 뜻으로, 진상도 모르
　　　　　　　　　　　　고 남을 따라 말하다는 의미

鸠之呼妇 [jiūzhīhūfù]　　　비둘기가 달콤한 속삭임을 주고받다

未免 [wèimiǎn]	…을 면할 수 없다
掩饰 [yǎnshì]	(결점·실수 따위를) 감추다, 숨기다
流露 [liúlù]	(느낌이) 무의식 중에 나타나다, 숨김 없이 나타나다
遮盖 [zhēgài]	덮다, 가리다, (결점을) 숨기다, 은폐하다
瞎子 [xiāzi]	장님
趁淘笑 [chèntáoxiào]	따라 웃는 웃음 *방언의 일종
风行一时 [fēngxíngyīshí]	한때 크게 유행하다
东方朔 [Dōngfāngshuò]	(人名) 동방삭 *한대(汉代) 사람이며, 그의 작품으로는 『신이경(神异经)』, 『십주기(十洲记)』가 있다
投壶 [tóuhú]	투호 *병속에 화살을 던지는 놀이
张华 [Zhānghuá]	(人名) 장화 *위진대(魏晋代) 사람이며, 『박물지(博物志)』를 지었다고 전해짐
荷兰夫人 [Hélánfūrén]	(人名) 홀란드 부인(Lady Holland)
薛德尼·史密史 [Xuēdéní shǐmìshǐ]	(人名) 시드니 스미스(Sydney Goodsir Smith, 1915-1975) *영국의 시인
闪电 [shǎndiàn]	번개
诙谐 [huīxié]	해학, 익살
闪烁 [shǎnshuò]	반짝거리다, 번쩍이다, 깜빡이다, 가물거리다
扣留 [kòuliú]	억류(유치)하다, 차압하다
高悬 [gāoxuán]	높이 매달다
普照 [pǔzhào]	두루 비추다

矯揉造作 [jiǎoróuzàozuò]　　너무 꾸며서 아주 부자연스럽다, 어색하다

骷髏 [kūlóu]　　해골

柏格森 [Bǎigésēn]　　(人名) 베르그송(Henri Bergson, 1859-1941) *프랑스의 철학자

呆板 [dāibǎn]　　딱딱하다, 고지식하다, 융통성이 없다

惹笑 [rěxiào]　　웃음을 자아내다

口吃 [kǒuchī]　　말 더듬이, 말을 더듬거리다

僵化 [jiānghuà]　　경직되다

一经 [yījīng]　　일단 …하면, …하자마자

刻板 [kèbǎn]　　판에 박은 듯하다, 융통성이 없다

别有用心 [biéyǒuhuìxīn]　　남다른 이해가 있다

欣然 [xīnrán]　　기꺼이, 쾌히, 선뜻

冷然 [lěngrán]　　뜻밖에, 갑자기, 불의에

沉闷 [chénmēn]　　(기분이) 침울하다, 울적하다

透气 [tòuqì]　　(공기가) 통하다, 숨을 내쉬다, 한시름 놓다

莫逆 [mònì]　　허물없이 아주 친하다

嘻嘴 [xīzuǐ]　　입가에 웃음을 짓다

放宽 [fàngkuān]　　확장하다, 완화하다, 늦추다(마음을) 느긋하게 갖다

约齐 [yuēqí]　　불러 모으다

尚且 [shàngqiě]　　…조차, …까지도, …뿐만 아니라, 더구나, 게다가

冒牌 [màopái]　　상표를 도용하다

花脸 [huāliǎn]　　중국 전통극에서 얼굴을 여러 가지 물감으로 분장한 배역

招牌 [zhāopai]　　간판, 얼굴, 체면

文场 [wénchǎng]　　중국 전통극 반주의 관현악

假充 [jiǎchōng]　　　…로 가장하다, …인 체하다

拉丁文 [lādīngwén]　　라틴어

贾宝玉 [Jiǎbǎoyù]　　(人名) 가보옥 *중국 고전소설『홍루몽(红楼梦)』에 나오는 남자 주인공

马克·吐温 [Mǎkè·tǔwēn]　　(人名) 마크 트웨인(Mark Twain, 1835-1910) *미국의 소설가

香肠 [xiāngcháng]　　소시지

包扎 [bāozā]　　포장하다, 싸서 묶다

停当 [tíngdang]　　적절하다, 타당하다, (일이) 잘 되어 있다

板面孔 [bǎnmiànkǒng]　　무표정한 얼굴을 하다, 정색하다

大凡 [dàfán]　　대개, 대체로

附庸风雅 [fùyōngfēngyǎ]　　잘 모르면서 고상한 척 하기 위해 문학·음악·미술 따위의 문화 활동을 하다

假借 [jiǎjiè]　　빌다, 차용하다, 구실삼다

假货 [jiǎhuò]　　위조품, 모조품

清扬 [qīngyáng]　　(소리가) 맑고 높다

搀 [chān]　　섞다, 타다

伪币 [wěibì]　　위조 지폐, 가짜 돈

重浊 [zhòngzhuó]　　묵직하고 답답하다

好比 [hǎobǐ]　　흡사 …와 같다

姑备一说 [gūbèiyīshuō]　　잠시 하나의 관점으로 삼아 *暂且当做一种说法라는 뜻으로 보면 된다

李广田 (1906~1968)

两种念头

시인, 산문작가이다. 본명은 王錫爵이었으나 훗날 계부의 성을 따라 李廣田으로 개명하였다. 山東省 鄒平 사람이다. 1929년 북경대학 預科에 입학하면서 문학창작을 시작하였고, 1935년 졸업 후에는 濟南에서 교편을 잡았다. 그 후 南開大學, 淸華大學 등에서 중문과 교수를 역임하였다. 1948년 중국 공산당에 가입한 이후부터는 작품 창작보다 주로 문예계, 학계의 지도자로서 활동했다. 그의 산문은 전반적으로 향토적인 색채가 짙고, 간혹 시골생활의 고풍스런 맛을 살리기 위해 옛 싯구를 삽입하고 있다. 산문집으로는 『畵廊集』(1936), 『銀狐集』(1936), 『雀蓑集』(1939), 『回聲』(1943), 『灌木集』(1944) 등이 있다.

两种念头

李广田

　　昨天夜里下了一夜的雨，雨虽然不大，可是那淅淅沥沥的声音就使我不能入睡。从前，这应当说是多少年以前了，一个人独自睡在学校的宿舍里，常常喜欢听夜雨，那雨声常给我一种邈远而又清新的感觉，常常使我想到许多很美丽的事物。而现在却不然了，现在这雨声却只使我感到烦琐，吵闹，尤其昭在临睡以前把木盆，磁盆，都一排行儿放在檐下了，说这样落一夜雨就可以从檐溜接得很多水，可以洗衣，也可以做饭，可以省一些买水的钱，近日来价大涨，水价也大涨了。好，于是这一夜不但是淅淅沥沥，而且还有丁丁东东，这叫人如何能睡呢？

　　听着雨声，我的脑子里起着无端无绪的思想。偶尔入睡了，却又做起怪梦来，而梦醒之后呢——谁知道是真醒不是——便开始幻想，不只是幻想，简直是些幻像在眼前排演。我梦见我行走一段极其光滑石板路，这条路仿佛是升到一座高山上去的，非常陡峭，路面又非常窄狭，其窄狭的程度真可以说是才可容足，而路的两旁就是深潭，潭水极清，却不可见底，只见前波后波在你推我挤。这是梦吗？这简直是我的旧游之地，我在梦中常常到这里来，常常来攀登这一段极险的路，就像在我们的日常生活中要常常经历那些艰难困危的道路一样。我又梦见我行走在故乡的旷野，我看见父亲在深深的禾苗中工作。是的，他是任何时候都在田野中工作的。然而我并未和他招呼。我醒来了，我就觉得奇怪，我为什么不同他打招呼呢？我不是常常要和"他"打招呼吗？在这去故乡万里之外的城市中，乡村中，大街上，野道上，每当我看见一个老农人，他有紫黑色的面孔，有和善的眼睛，他穿着褪色的蓝布衣裳……我心里一惊，那不是父亲吗？难道他逃难出来了？来找他的儿子了？我追上他吧，喊他吧，亲他吧，然而他走远了。可是，我为什么在梦里不同他打招呼呢？也许我怕他问我："你不是说给我几个钱，叫我修修家里的破房子吗？"不错，我曾经这样答应过，我没有照办，这怨我不好，可是也不能完全怨我。不过我知道你老人家也绝不会这么责问我的，你是太善良了。至于家里的房子破了，我知道，我在梦里就看见过，我看见墙壁洞穿，檐木凋落，而屋顶上满是荒草……我知道这些年来的风雨太多了。更奇怪的是我又看见——不是梦见——一个婴儿，这婴儿已经很久不见笑容了，他也许就要死了，但是那小脸上又忽然显出一点微笑。那微笑显示一个光明世界，照得每个人心里都发亮；然而可惜，那微笑却又很快地被一片阴影罩住了。而我的心里却在说，这就是我们的国家，这就是中国。我又在半睡半醒中念着几句莫名其妙的话，而且这些话在我的唇间，不，是在我的心里，还反复又反复，仿佛永无完结，这些话大概是这样的：

> 最严寒的地方有温暖，
> 最温暖的地方有严寒，
> 有冰雪的地方有生长，
> 近太阳的地方最荒凉。

这是什么意思呢？ 真是连我自己也不明白了。此外我还梦见了什么？ 想了些什么？ 让我想想看。我想起来了，仿佛我还错过了多少事物，而这些事物是曾经从我的身边经过，或者，是曾经触到过我的指尖的，然而就如同捉鱼人本已捉到了一条鱼，却又让鱼从手缝中跑掉了。我们说"把握"，我们把握些什么呢？你紧紧地握一把沙，紧紧地握一把水吗？……

早晨醒来，雨还是星星地落着，我心里很不愉快。我永久向往一个夜雨之朝晴的境界。无论夜里多么黑暗，多么寒冷而阴湿，有多大的风雨，然而早晨一睁眼是一片蓝天照着大太阳，那多好，然而现在摆在眼前的还是一天愁雨。何况我的执事又来了，昭靠在我的耳边嘟囔道："你去给我买三角钱胡豆瓣，三个萝白，一角钱蒜苗……"为了怕吵醒小岫的睡眠，她这样窃窃地耳语着，而我呢，我却只想大声一叫，把一切唤醒。我自然得去买菜。我走到外面，一阵冷风洒我一身雨星。不错，几个盆里都接了满满的清水，我想永宁河里也一定是一片汪洋了。我走到厨房里，糟糕，屋漏得厉害，把米面都漏得一塌糊涂了，人活着，就必须天天防备这些阴天下雨的事情，昭那么想得周到，却也有这么一次疏忽，真是叫人心里也湿漉漉的，无可奈何。

我买菜回来了，看见昭在那里收拾那些已经漏湿了的米面。那有什么办法呢？ 我看是没有什么办法的，然而她总是那么有耐性，她总能对付这些事。而且，她还笑着说："我在大学读书的时候，有一天下大雨，我不在家，窗子被风吹开了，于是淋了满屋子水，把我的书全都淋坏了，怎么办？天晴了，我就一页一页地揭，一页一页地揭……"然而米面可不比书页啊，米还成粒，可是你不能一粒一粒地拣，面呢，更麻烦，假如天不放晴，你就只好让它霉了，烂了，权当作我们自己吃了，可是你也真有兴致，大木盆里已经泡上要洗的衣服了。

这以后是我自己的时间，我要开始我一天的工作，我坐在窗下再不睬那愁眉不展的天空，我忙打开一本印得很精致的书册，那书面上闪着一片白光，像映着一片太阳。在这一面上正印着这样的一段话：

> 有两种互相矛盾的念头，在人类的内心越冲突得厉害了——想做得好一点的念头和想生活得好一点的念头。在现存的生活的乌烟瘴气里，要调和这两种倾向是不可能的。

(选自『李广田散文选集』，百花文艺出版社1982年版)

| 生词

沥沥 [lìlì]　　　　쏴쏴, 졸졸 *바람 소리·물소리를 형용

邈远 [miǎoyuǎn]　　멀다, 아득하다

清新 [qīngxīn]　　신선하다, 참신하다

繁琐 [fánsuǒ]　　번거롭다, 자질구레하다

吵闹 [chǎonào]　　소란하다, 시끌시끌하다

檐 [yán]　　　　처마

丁东 [dīngdōng]　　댕그랑 댕그랑 *쇠붙이나 구슬이 부
　　　　　　　　딪쳐 나는 소리

极其 [jíqí]　　　지극히, 매우

光滑 [guānghua]　(표면이) 매끄럽다, 반들반들하다, 사
　　　　　　　　람됨이 빤질하다

石板 [shíbǎn]　　석판

陡峭 [dǒuqiào]　　(지세가) 험준하다

窄狭 [zhǎixiá]　　넓다

容足(地) [róngzúdì]　매우 좁은 땅, 겨우 발 디딜 만한 장소

攀登 [pāndēng]　　등반하다, (무엇을) 붙잡고 기어오르다

旷野 [kuàngyě]　　광야

禾苗 [hémiáo]　　볏모, 모싹

逃难 [táonàn]　　피난하다

照办 [zhàobàn]　　그대로 처리하다

责问 [zéwèn]　　질책하다, 힐책하다

凋落 [diāoluò]　　(초목·꽃잎이) 떨어지다

莫名其妙 [mòmíngqímiào]　영문을 모르다

严寒 [yánhán]　　엄동설한, 혹한

温暖 [wēnnuǎn]　　따뜻하다, 따스하다

指尖 [zhǐjiān]	손가락의 끝
捉 [zhuō]	포획하다, 잡다, 쥐다
缝 [féng]	틈, 갈라진 자리
把握 [bǎwò]	쥐다, 잡다
阴湿 [yīnshī]	음습하다, 그늘지고 축축하다
执事 [zhíshì]	집사
嘟囔 [dūnáng]	중얼거리다, 소곤거리다
胡豆瓣 [húdòubàn]	등나무 꽃잎
蒜苗 [suànmiáo]	마늘 싹, 마늘 종
唤醒 [huànxǐng]	일깨우다, 자각시키다, 각성시키다
雨星 [yǔxīng]	안개비, 이슬비
汪洋 [wāngyáng]	물이 깊고 넓은 모양
一塌糊涂 [yītāhútú]	엉망진창이 되다, 뒤죽박죽이 되다
疏忽 [shūhu]	소홀히 하다, 부주의 하다
湿漉漉的 [shīlùlùde]	흠뻑 젖은 모양
无可奈何 [wúkěnàihé]	어찌 할 방도가 없다
霉 [méi]	곰팡이
权 [quán]	잠시, 임시로
睬 [cǎi]	거들떠 보다, 상대하다, 관심을 가지다
乌烟瘴气 [wūyānzhàngqì]	온통 뒤죽박죽이 되다, 난장판이 되다

當代篇

（1949～現在）

沈从文 (1902~1988)

天安门前

　　현대작가. 원명은 沈岳煥, 필명은 小兵·炯之·休芸芸 등을 사용하였다. 苗族으로 湖南 鳳凰 사람이다. 독학으로 문학창작의 기초를 쌓았고 1935년부터는 武漢大學과 青島大學에서 강의를 담당하였다. 1920년대 이후 약 20년에 걸쳐 시·희곡·소설·산문 등 여러 장르에 상당수의 창작을 남겼으며 창작 배경은 주로 湖南省·雲南省 일대의 농촌을 배경으로 한 작품이 주류를 이루고 있다. 1948년 郭沫若으로부터 "반동활동가"라는 비평을 받은 후부터는 사학에 관심을 갖고 중국역사박물관, 고궁박물관에서 일하였다. 1980년 초에는 중국 문학계에 "沈從文熱"이 불어서 그에 대한 연구와 재평가가 활발히 진행되기도 하였다. 주요 저작은 『沈從文文集』(12권)에 수록되어 있다.

天安门前

沈从文

近几年来，我因工作关系，无论风晴雨雪，每天早晨、晚间都得进出天安门几次。可是试想拿起笔来写写天安门，倒不知从何说起了。

三十年前到北京来观光的人，在城郊各处都常有机会看见成串的骆驼队伍，从容不迫地在灰尘扑扑的道路上前进。每只骆驼背上必驮载两大袋杂粮或煤块。末尾照例还有只小骆驼押队，颈脖下悬个筒子形大铁铃，走动时当当地响。这些铃铛大致是世代相传，经历了许多年月风霜，声音有些已经哑沙沙的了。若机会凑巧，还可以看到一种用两只骆驼组成的驼轿，一前一后斜斜地排着，抬着个大木轿笼，摇摇晃晃地走着，它也许正从蒙古、热河长途远道前来，恰好停顿在城外一个店铺前边。那店铺门口屋檐前挂有一块"某某镖局"的招牌。原来《七侠五义》，《小五义》中提起的镖客，还有人在继承事业，又还有主顾上门求教。这个古老城市里，当时就还留下许多这类古老社会的标本。有的属于两百年前的，有的属于七八百年前的。骆驼队本来是沙漠中的舰队，在市中心的天安门前出现时，就更加显得这个城市的古老。当时北京电车开行还不多久，若遇骆驼队伍横贯马路时，电车司机照规矩还得暂时停车，等待一会儿，像是人人都得承认这是八百年前北京建都以来的成员，对待它们应当表示一点客气或尊重。

在天安门前的，还有青年学生、工人、市民，在这里举行示威游行前的集会。"五四"、"三一八"、"五册"、"九一八"……除了这些大的登报上书的集会以外，还经常有小规模的，每次虽然不过两、三千人，或七、八百人，已使得旧军阀官僚感到心疼心烦不好办。因此天安门前有一时曾经各处都种满了白丁香和黄刺玫，不知道的还以为军阀官僚在美化旧都，事实上原来只是有意把广场面积缩小，消极防止爱国青年的示威活动。

　　三十年来，北京城经历过了许多重大事变，终于解放了。天安门成了人民争取待久和平的象征，共同努力走向幸福美好生活的象征。每逢节日，几十万群众集会游行已成平常事情。时代不同了，骆驼队伍再不容易在这里出现了。现在什么人想看看这神气庄严、体魄壮伟、耐劳负重的生物，大致得到南口居庸关一带，才有机会偶然碰上。至于住在北京市的小朋友门呢，只有到动物园或地志博物馆去，才有希望知道真正骆驼究竟是什么样子，并且明白成串骆驼由长城外来到北京的种种情形。北京动物园如今若还没有骆驼的位置，我建议不妨加入两三只，并且把它们祖先两千年前就经常载运了各种重要物资，横贯西北大沙漠，对于沟通中原和西域各民族关系，以及在中西文化交通史方面所作的伟大贡献，和二千年来在华北一般交通运输中所起的重要作用，加以适当的说明。更好的自然是将来地志博物馆陈列中表现城乡关系时，能够把三十年前成串骆驼在暮色沉沉时通过天安门前的景象，和解放后几十万群众在这里看五色焰火上冲霄汉、歌舞狂欢的景象，作一个显明对比，可见出两个时代，两种社会，如何截然不同。

　　天安门前大路上，成串骆驼迈着大方步过路，这种古色古香的，同时也是暮气沉沉的时代，已经完全结束了。代表今天、象征明天的各种新事物，却在不断出现。天安门大白石桥、石狮子前边，我们经常都可发现一群群年纪四、五岁的小朋友，两颊红都都的，双双拉着手排队上公园去，随着阿姨的指点，一齐暂时停下来欣赏面前那个高大的天安门楼，欣赏毛主席六年前站到那上面向中国人民、向全世界宣布"中国人民站起来了"的那个地方。这个庄严壮丽的大门楼背后，正衬着一片透蓝的天空，一群白鸽子和银星点子一样，在这个蓝空天幕下绕着门楼回旋飞翔。回过头向南边望望，人民英雄纪念碑大棚架已经撤去，全部工程过不久就要完成了。要使得这个纪念碑更加庄严好看一些，扩大四周空地，更新的待施工的建筑群蓝图，应当已经在准备中。

前一代的流血牺牲，为这一代青年学习和工作开辟了无限广阔平坦的道路，这一代的勤劳辛苦，又正在为幼小一代创造更加幸福美好的环境，全中国人民——老年、壮年、青年和儿童，就活在这么一个新的社会中。革命纪念碑全部落成后，夏天黄昏时节，会经常有各种音乐团体，来在纪念碑前边石台上，向市民举行公开演奏会；在这里我们不仅可听到热情优美的民间音乐，还有希望可听到世界各国伟大作曲家最健康悦耳的音乐。到三个五年计划完成时，天安门前的广场，可能已经完全改变了样子，所有看台都用汉白玉石作得整整齐齐，纪念碑附近已展开极宽，四周六七层高的新建筑群，也大部分用汉白玉装饰，作得十分华美。这里是革命博物馆，那里是祖国自然资源馆，第三是民族文化馆，第四是工业建设馆，第五是……，到晚上，这些大型建筑物里边，都光亮得和大白天一般，有万千游人进出。纪念碑前却有了二十丈大的巨型新式银幕，用新的电视方法，放映国家歌舞剧院正在上演的音乐舞蹈节目，免费供给三万市民群众欣赏。也还会看见成串骆驼，正在慢慢地从天安门前边走过，而且押队那支小骆驼，颈脖下那个铃铛，依旧当当地响着，把多数人暂时都吸引到半世纪前北京旧风景画中去。原来这是历史博物馆工作组在用电视教育回述天安门前的种种历史！

(选自『沈从文文集』第10卷，花城出版社1992年版)

生词

试想 [shìxiǎng]　　생각해보다

队伍 [duìwu]　　대오, 대열

从容不迫 [cóngróngbùpò]　　태연자약하다

灰尘扑扑 [huīchénpūpū]　　먼지가 푹푹 일어나다

驮载 [tuózài]　　가축의 등에 물건을 싣다

杂粮 [záliáng]　　(쌀·밀 이외의) 잡곡

押队 [yāduì]　　호송대

照例 [zhàolì]　　관례에 따르다, 예전대로 하다

颈脖 [jǐngbó]　　목

悬 [xuán]　　걸다, 매달다

筒子 [tǒngzi]　　통

铃铛 [língdang]　　방울, 초인종

哑 [yǎ]　　목이 쉬다, 소리가 나지 않다 *沙~:
목이 잠기다

凑巧 [còuqiǎo]　　공교롭다

摇摇晃晃 [yáoyáohuànghuàng]　흔들거리다

热河 [Rèhé]　　옛 省 이름 *1928년 "承德"을 성도
로 하여 热河省이 되었으나 1956년
취소되고 河北省, 辽宁省, 内蒙古
自治区로 분할 편입됨

屋檐 [wūyán]　　처마

镖局 [biāojú]　　옛날 여객 또는 화물을 안전하게 운
송하기 위해 경영되던 운송업, 호위
하는 사람은 "镖客"이라 함 *保镖:
보디가드

七侠五义 [Qīxiáwǔyì]　书名 *청대 무협소설

小五义 [Xiǎowǔyì]　书名 *청대 무협소설

主顾 [zhǔgù]　고객, 단골손님

标本 [biāoběn]　표본

舰队 [jiànduì]　함대

开行 [kāixíng]　(차나 배를) 운전하다, 출발하다

横贯 [héngguàn]　가로지르다, 가로 꿰뚫다

规矩 [guīju]　규칙, 법칙

使得 [shǐde]　(의도·계획·사물 따위가) …한 결과를 낳다, …하게 하다

不好办 [bùhǎobàn]　하기 어렵다

丁香 [dīngxiāng]　정향나무

刺玫 [cìméi]　해당화, 때찔레

神气 [shénqì]　표정, 안색, 기분상태

庄严 [zhuāngyán]　장엄하다, 엄숙하다

体魄 [tǐpò]　신체와 정신, 체력과 기백

壮伟 [zhuàngwěi]　튼튼하고 굳세다

耐劳 [nàiláo]　노고(고생)를 견디다, 괴로움을 참다

南口 [Nánkǒu]　地名 *北京市 昌平县 서쪽을 말함

居庸关 [Jūyōngguān]　南口에 위치한 만리장성 관문의 하나

沟通 [gōutōng]　통하다, 소통하다

暮色 [mùsè]　저녁빛, 황혼

霄汉 [xiāohàn]　하늘

截然 [jiérán]　자른 듯이 경계가 분명한 모양 *~不同: 뚜렷이 다르다

迈 [mài]　큰 걸음으로 걷다. 앞지르다, 초과하다

方步 [fāngbù]　천천히 발을 크게 떼서 걷는 걸음

颊 [jiá]　볼, 뺨

红都都(嘟嘟) [hóngdūdū]　(얼굴이) 발갛게 부풀어 올라 있다

衬 [chèn] (다른 사물에 의해) 돋보이게 하다, 두드러지게 하다

银星 [yínxīng] 옛날 은막의 스타 *본문에서는 은하수를 가르킴

点子 [diǎnzi] 점, 작은 흔적. (액체의 작은) 방울

绕 [rào] 둘둘 감다, 휘감다

棚架 [péngjià] 비계, 골조

蓝图 [lántú] 청사진, 설계도, 건설계획

开辟 [kāipì] (길을) 열다. 창립하다. 개척하다

悦耳 [yuè'ěr] 듣기 좋다

汉白玉 [Hànbáiyù] 한백옥 *河北 房山县에서 나는 아름다운 흰돌로 궁전 건축의 장식재료로 쓰임

供给 [gōngjǐ] 공급하다

吴伯簫 (1906~1982)

菜园小记

　　현대산문작가. 원명은 熙成이고 자는 伯簫이다. 山東 萊蕪 사람. 1931년 北京師範大學 英語系를 졸업하고 靑島大學에서 강의를 담당하였다. 1925년 처녀작「百天與黑夜」를 발표하여 문단에 등단하였고 이후 꾸준히 일간지와 문예잡지에 산문 작품을 발표하여 독자들의 사랑을 받았다. 1954년에는 인민교육출판사 사장 겸 副총편집을 맡았고, 1978년에는 중국사회과학원 문학연구소 부소장 등을 역임했다. 주요 산문집으로는『街頭夜』(1931),『羽書』(1941),『黑紅点』(1947),『出發集』(1954),『煙塵集』(1955),『北極星』(1963),『忘年』(1982),『吳伯簫散文選』(1983) 등이 있다.

菜园小记

吴伯箫

    种花好，种菜更好。花种得好，姹紫嫣红，满园芬芳，可以欣赏；菜种得好，嫩绿的茎叶，肥硕的块根，多浆的果实，却可以食用。俗话说："瓜菜半年粮。"

    我想起在延安蓝家坪我们种的菜园来了。

    说是菜园，其实是果园。那园里桃树杏树很多，还有海棠。每年春二三月，粉红的桃杏花开罢，不久就开绿叶衬托的艳丽的海棠花，很热闹。果实成熟的时候，杏是水杏，桃是毛桃，海棠是垂垂联珠，又是一番繁盛景象。

    果园也是花园。那园里花的种类不少。木本的有蔷薇，木槿，丁香，草本的有凤仙，石竹，夜来香，江西腊，步步高，……草花不名贵，但是长得繁茂泼辣。甬路的两边，菜地的周围，园里的角角落落，到处都是。草花里边长得最繁茂最泼辣的是波斯菊，密密丛丛地长满了向阳的山坡。这种花开得稠，有绛紫的，有银白的，一层一层，散发着浓郁的异香；也开得时间长，能装点整个秋天。这一点很像野生的千头菊。这种花称作"菊"，看来是有道理的。

说的菜园，是就园里的隙地开辟的。果树是围屏，草花是篱笆，中间是菜畦，共有三五处，面积大小不等，都是土壤肥沃，阳光充足，最适于种菜的地方。我们经营的那一处，三面是果树，一面是山坡；地形长方，面积约二三分。那是在大种蔬菜的时期我们三个同志在业余时间为集体经营的。收成的蔬菜归集体伙食，自己也有一份比较丰富的享用。

那几年，在延安的同志，大家都在工作，学习，战斗的空隙里种蔬菜。机关，学校，部队里吃的蔬菜差不多都能自给。那个时候没有提出种"十边"，可是见缝插针，很自然地"十边"都种了。窑洞的门前，平房的左右前后，河边，路边，甚至个别山头新开的土地都种了菜。

我们种的那块菜地，在那园里是条件最好的。土肥地整，曾经有人侍弄过，算是熟蔬菜地。地的一半是韭菜畦。韭菜有宿根，不要费太大的劳力(当然要费些工夫)，只要施施肥，培培土，浇浇水，出了九就能发出鲜绿肥嫩的韭芽。最难得的是，菜地西北的石崖底下有一个石窠，挖出石窠里的乱石沉泥，石缝里就涔涔地流出泉水。石窠不大，但是积一窠水恰好可以浇完那块菜地。积水用完，一顿饭的工夫又可以蓄满。水满的时候，一清到底，不溢不流，很有点象童话里的宝瓶，水用了还有，用了还有，不用就总是满着。泉水清冽，不浇菜也可以浇果树，或者用来洗头，洗衣服。"沧浪之水清兮，可以濯我缨；沧浪之水浊兮，可以濯我足"。这比沧浪之水还好。同样种菜的别的同志，菜地附近没有水泉，用水要到延河里去挑，不像我们三个，从石窠通菜地掏一条窄窄浅浅的水沟，用柳罐打水，抬抬手就把菜浇了。大家都羡慕我们。我们也觉得沾了自然条件的光，仿佛干活掂了轻的，很不好意思，就下定决心要把菜地种好，管好。

"庄稼一枝花，全靠粪当家"。为了积肥，大家趁早晚散步的时候到大路上拾粪，那里来往的牲口多，"只要动动手，肥源到处有"啊。我们请老农讲课，大家跟着学了不少知识。《万丈高楼从地起》的歌者，农民诗人孙万福，就是有名的老师之一。记得那个时候他是六十多岁，精神矍铄，声音响亮，讲话又亲切又质朴，那老当益壮的风度，到现在我还留着深刻的印象。跟那些老师，我们学种菜，种瓜，种烟。象种瓜要浸种、压种，种烟要打杈、掐尖，很多实际学问我们都是边做边跟老师学的。有的学会烤烟，自己做挺讲究的纸烟和雪茄；有的学会蔬菜加工，做的番茄酱能吃到冬天；有的学会蔬菜腌渍、窖藏，使秋菜接上春菜。

　种菜是细致活儿，"种菜如绣花"；认真干起来也很累人，就劳动量说，"一亩园十亩田"。但是种菜是极有乐趣的事情。种菜的乐趣不只是在吃菜的时候，像苏东坡在《菜羹赋》里所说的："汲幽泉以揉濯，持露叶与琼枝。"或者像他在《后杞菊赋》里所说的："春食苗，夏食叶，　秋食花实而冬食根，庶几西河南阳之寿。"种菜的整个过程，随时都有乐趣。施肥，松土，整畦，下种，是花费劳动量最多的时候吧，那时蔬菜还看不到影子哩，可是"种瓜得瓜，种豆得豆"，就算种的只是希望，那希望也给人很大的鼓舞。因为那希望是用成实的种子种在水肥充足的土壤里的，人勤地不懒，出一分劳力就一定能有一分收成。验证不远，不出十天八天，你留心那平整湿润的菜畦吧，就从那里会生长出又绿又嫩又茁壮的瓜菜的新芽哩。那些新芽，条播的行列整齐，撒播的万头攒动，点播的傲然不群，带着笑，发着光，充满了无限生机。一棵新芽简直就是一颗闪亮的珍珠。"夜雨剪春韭"是老杜的诗句吧，清新极了；老圃种菜，一畦菜怕不就是一首更清新的诗？

暮春，中午，踩着畦垄间苗或者锄草中耕，煦暖的阳光照得人浑身舒畅。新鲜的泥土气息，素淡的蔬菜清香，一阵阵沁人心脾。一会儿站起来，伸伸腰，用手背擦擦额头的汗，看看苗间得稀稠，中耕得深浅，草锄得是不是干净，那时候人是会感到劳动的愉快的。夏天，晚上，菜地浇完了，三五个同志趁着皎洁的月光，坐在畦头泉边，吸吸烟；或者不吸烟，谈谈话；谈生活，谈社会和自然的改造，一边人声咯咯罗罗，一边在谈话间歇的时候听菜畦里昆虫的鸣声；蒜在抽薹，白菜在卷心，芫荽在散发脉脉的香气：一切都使人感到一种真正的田园乐趣。

我们种的那块菜地里，韭菜以外，有葱、蒜，有白菜、萝卜，还有黄瓜、茄子、辣椒、西红柿，等等。农谚说："谷雨前后，栽瓜种豆。""头伏萝卜二伏菜。"

虽然按照时令季节，各种蔬菜种得有早有晚，有时收了这种菜才种那种菜；但是除了冰雪严寒的冬天，一年里春夏秋三季，菜园里总是经常有几种蔬菜在竞肥争绿的。特别是夏末秋初，你看吧：青的萝卜，紫的茄子，红的辣椒，又红又黄的西红柿，真是五彩斑斓，耀眼争光。

那年蔬菜丰收。韭菜割了三茬，最后吃了薹下韭(跟莲下藕一样，那是以老来嫩有名的)，掐了韭花。春白菜以后种了秋白菜，细水萝卜以后种了白萝卜。园里连江西腊、波斯菊都要开败的时候，我们还收了最后一批西红柿。天凉了，西红柿吃起来甘脆爽口，有些秋梨的味道。我们还把通红通红的辣椒穿成串晒干了，挂在窑洞的窗户旁边，一直挂到过新年。

(选自『吴伯箫散文选』，人民文学出版社1983年版)

▌ 生词

姹紫嫣红 [chàzǐyānhóng]	여러 종류의 아름다운 꽃을 형용
茎 [jīng]	(식물의) 줄기. 길고 가는 것을 세는 단위(양사)
嫩绿 [nènlǜ]	연녹색. 파르스름하다
肥硕 [féishuò]	(과실이) 크고 알차다
浆 [jiāng]	진한(걸쭉한) 액체
蓝家坪 [Lánjiāpíng]	地名 *坪은 「평평하다」는 뜻이나 본문에서는 지역에 쓰이는 말이다. 예를 들면, "武家坪" 등이 있다.
罢 [bà]	끝냄·완료를 나타내는 조사
衬托 [chèntuō]	(다른 사물에 의해) 두드러지게 하다, 돋보이게 하다
艳丽 [yànlì]	곱고 아름답다 *~五彩, ~夺目
木槿 [mùjǐn]	무궁화
石竹 [shízhú]	패랭이꽃
江西腊 [jiāngxīlà]	취국(翠菊)
步步高 [bùbùgāo]	백일초
名贵 [míngguì]	유명하고 진귀하다
繁茂 [fánmào]	초목이 무성하다
泼辣 [pōla]	생기·활기가 있다 *(=泼剌) 박력 (결단력)이 있다
波斯菊 [bōsījú]	코스모스
甬道 [yǒngdào]	큰 정원이나 묘지의 가운데 길
稠 [chóu]	조밀하다, 빽빽하다
绛紫 [jiàngzǐ]	진홍색

装点 [zhuāngdiǎn]　　꾸미다, 장식하다

隙地 [xìdì]　　공터, 빈 터

围屏 [wéipíng]　　병풍

篱芭 [líba]　　울타리

菜畦 [càiqí]　　채소밭, 남새밭

分 [fēn]　　1亩의 10분의 1의 면적

伙食 [huǒshi]　　(학교·군대의) 공동식사

享用 [xiǎngyòng]　　누리다, 맛보다, 사용하다

空隙 [kòngxì]　　틈, 겨를, 여가. 간격

自给 [zìjǐ]　　자급(하다)

十边 [shíbiān]　　*十边地: 논밭 이외의 농작물을 심을 수 있는 10가지 빈 땅. 일반적으로 田边(밭머리), 场边(마당 근처), 路边(길가), 沟边(도랑가), 塘边(못가), 圩边(둑가), 岩边(바위 옆), 屋边(집 근처), 坟边(무덤 근처), 篱边(울타리 옆) 등을 가리킨다

见缝插针 [jiànfèngchāzhēn]　　틈만 보이면 바늘을 꽂다. 이용할 수 있는 시간이나 공간을 다 이용하다

窑洞 [yáodòng]　　토굴집

平房 [píngfáng]　　단층집

侍弄 [shìnòng]　　돌보아주다. (농작물이나 논밭을) 가꾸다

熟菜地 [shúcàidì]　　다년간 경작한 채소밭

韭菜 [jiǔcài]　　부추

宿根 [sùgēn]　　여러해살이 뿌리

施肥 [shīféi]　　비료를 주다

培土 [péitǔ]　　북을 주다, 흙은 돋우다

浇水 [jiāoshuǐ]　　물을 주다

出九 [chūjiǔ]　　　　　동지에서 81일째 되는 날 이후

石崖 [shíyá]　　　　　바위(돌) 절벽

石窠 [shíkē]　　　　　돌 구멍

涔涔 [céncén]　　　　(물 등이) 쉴새 없이 흐르는 모양

溢 [yì]　　　　　　　넘치다

清冽 [qīngliè]　　　　맑고 차다

沧浪 [Cānglàng]　　　강이름. 하북성(湖北省)에 있음. 한
　　　　　　　　　　　수(汉水)의 다른 이름이라는 설과
　　　　　　　　　　　한수의 하류란 설이 있음

濯 [zhuó]　　　　　　씻다

缨 [yīng]　　　　　　갓끈

浊 [zhuó]　　　　　　흐리다

挑 [tiāo]　　　　　　(멜대로) 메다

掏 [tāo]　　　　　　파다, 파내다

沾 [zhān]　　　　　　(은혜나 덕을) 입다

抬手 [táishǒu]　　　　손을 들다

干活 [gànhuó]　　　　일을 하다

掂 [diān]　　　　　　손짐작하다, 손대중하다. (무게를) 손
　　　　　　　　　　　으로 어림잡아 헤아리다

庄稼 [zhuāngjia]　　　농작물

粪 [fèn]　　　　　　　똥, 대변. 똥거름을 주다

当家 [dāngjiā]　　　　집안 일을 맡아 처리하다. 주인

拾 [shí]　　　　　　　줍다, 집다 *拣[jiǎn]보다 문어적인
　　　　　　　　　　　표현

牲口 [shēngkǒu]　　　가축의 총칭

老农 [lǎonóng]　　　　노련한 농사꾼.

万丈高楼从地起 [wànzhànggāolóucóngdìqǐ]
　　　　　　　　　　　“천리 길도 한 걸음부터” 란 의미로
　　　　　　　　　　　본문에서는 노래 제목을 말함

矍铄 [juéshuò]　　　　　　　정정하다

老当益壮 [lǎodāngyìzhuàng]　늙어도 기력이 왕성하다, 노익장을
　　　　　　　　　　　　　　과시하다

浸种 [jìnzhǒng]　　　　　　침종. 씨앗의 싹이 빨리 터지게 하기
　　　　　　　　　　　　　　위하여 물에 담가 불림

压秧 [yāyāng]　　　　　　　(벼를) 눌러 심기

打杈 [dǎchà]　　　　　　　　가지치기를 하다

掐尖(儿) [qiājiān]　　　　　(성장·발육을 촉진하기 위해) 꽃심을
　　　　　　　　　　　　　　따다, 전지하다

雪茄 [xuějiā]　　　　　　　엽궐련, 시가(cigar)

番茄酱 [fānqiéjiàng]　　　토마토 케첩 *番茄汁[~zhī] 토마
　　　　　　　　　　　　　　토 쥬스

腌渍 [yānzì]　　　　　　　　(소금에) 절이다, 담그다

窖藏 [jiàocáng]　　　　　　움(창고)에 저장하다

苏东坡 [Sū dōngpō]　　　　(人名) *宋代 시인

菜羹赋 [Càigēngfù]　　　　作品名 *菜羹: 야채 수우프

汲 [jí]　　　　　　　　　　물을 긷다

揉 [róu]　　　　　　　　　(손으로) 비비다, 문지르다

琼 [qióng]　　　　　　　　아름다운 것, 훌륭한 것을 가리킴. 아
　　　　　　　　　　　　　　름다운 옥

后杞菊赋 [Hòuqǐjúfù]　　　作品名

庶几 [shùjī]　　　　　　　…를 바라다. 근사하다

茁壮 [zhuózhuàng]　　　　(동식물·사람이)실하다, 튼튼하다

条播 [tiáobō]　　　　　　　줄 파종하다

行列 [hángliè]　　　　　　행렬, 대열, 줄

撒播 [sǎbō]　　　　　　　　흩뿌려 파종하다, 씨앗을 고루 뿌리다

万头攒动 [wàntóucuándòng]　수많은 군중들의 머리가 움직이다,
　　　　　　　　　　　　　　많은 사람이 모여 붐비다.
　　　　　　　　　　　　　　본문에서는 「수많은 새싹이 일제히

고개를 내밀다」의 뜻이다. 攒은 「모
으다, 조립하다」의 뜻이며, 攒动은
「떼지어 움직이다」의 뜻이다.

点播 [diǎnbō]　　점뿌림(하다)

傲然 [àorán]　　꼿꼿하여 굽히지 않는 모양

剪 [jiǎn]　　(가위로) 자르다

老圃 [lǎopǔ]　　노련한 채소 농사꾼. 채소밭

暮春 [mùchūn]　　늦봄 *暮年: 늘그막, 만년

踩 [cǎi]　　밟다 *(=踏[tà])

间苗 [jiànmiáo]　　모를 솎다

锄草 [chúcǎo]　　김매다

中耕 [zhōnggēng]　　사이갈이(하다)

畦垄 [qílǒng]　　밭 이랑 *(=田垄)

煦 [xù]　　따뜻하다, 훈훈하다 *(=煦暖)

沁 [qìn]　　(향기·액체 따위가) 스며들다, 침투
하다. 스며나오다

稀稠 [xīchóu]　　(농도가) 묽고 짙음

皎洁 [jiǎojié]　　(달이) 밝고 맑다, 휘영청 밝다

咯罗 [gēluo]　　재잘거리다

间歇 [jiānxiē]　　(작업의) 중간에 휴식하다. 중간 휴식

蒜 [suàn]　　마늘

抽薹 [chōutái]　　(배추 따위의) 장다리가 나오다(생기
다) *薹[tái]는 종다리, 종대의 뜻

芫荽 [yánsuī]　　고수 *香菜[xiāngcài]라고도 함

脉脉 [mòmò]　　(눈길이나 행동으로) 말없이 은근한
정을 나타내는 모양

辣椒 [làjiāo]　　고추

茄子 [qiézi]　　가지(채소)

农谚 [nóngyàn]　　농민들 사이에 전해지고 있는 속담

栽 [zāi]   심다, 재배하다

头伏 [tóufú]   초복. 초복에서 중복 사이의 열흘간

二伏 [èrfú]   중복(中伏)

斑斓 [bānlán]   여러 빛깔이 섞여서 알록달록하게 빛
나다

耀眼 [yàoyǎn]   눈부시다

割 [gē]   자르다, 베다

茬 [chá]   한 해에 같은 땅에 농사짓는 횟수
*본문에서는 부추를 베는 횟수를 뜻함

莲 [lián]   연, 연꽃

藕 [ǒu]   연뿌리, 연근

老来 [lǎolái]   늘그막, 노후

掐 [qiā]   (손톱으로) 꺾다, 따다

张洁 (1937~)

拣麦穗

당대 여류작가. 北京 사람. 1960년 中國人民大學 통계학과를 졸업하고 여러 해 동안 공업부문에서 일했다. 1978년 단편소설 『從森林裏來的孩子』를 발표하여 전국우수단편소설상을 수상하여 문단의 주목을 끌기 시작하였다. 1980년에는 北京電影制片廠에서 극본의 창작과 편집을 담당하였고 이후 중국작가협회 이사로 피선되어 활동하고 있다. 작품은 주로 소설을 위주로 창작하였으며 여러 차례 우수 작품상을 수상한 바 있다. 대표작품으로 소설 『愛, 是不能忘記的』(1980), 장편소설 『沉重的翅膀』(1981년 제2회 茅盾문학상 수상), 중·단편소설집 『祖母綠』(1984), 『紅蘑菇』((1992), 산문집 『在那綠草地上』(1983), 『一個中國女人在歐洲』 등이 있다.

拣麦穗

张洁

在农村长大的姑娘，谁不熟悉拣麦穗这回事儿呢？

我要说的，却是几十年前拣麦穗的那段往事。

或许可以这样说，拣麦穗的时节，也许是顶能引动姑娘们的幻想的时节。

在那月残星稀的清晨，挎着一个空篮子，顺着田埂上的小路，走去拣麦穗的时候，她想的是什么呢？

等到田野上腾起一层薄雾，月亮，象是偷偷地睡过一觉，重又悄悄地回到天边，方才挎着装满麦穗的篮子，走回自家的破窑洞的时候，她想的又是什么呢？

唉，她能想什么呢？！

假如你没有在那种日子里生活过，你永远不能想象，从这一粒粒丢在地里的麦穗上，会生出什么样的幻想！

她拼命地拣呐，拣呐，一个收麦子的时节，能拣上一斗？她把这麦子换来的钱积攒起来，等到赶集的时候，址上花布，买上花线，然后，她剪呀，缝呀，绣呀……也不见她戴，谁也没和谁合计过，谁也没找谁商量过，可是等到出嫁的那一天，她们全会把这些东西，装进新嫁娘的包裹里去。

不过，当她们把拣麦穗时所伴着的幻想，一同包进包裹里去的时候，她们会突然感到那些幻想全都变了味儿，觉得多少年来，她们拣呀、缝呀、绣呀，实在是多么傻啊！她们要嫁的那个男人，和她们在拣麦穗、址花布、绣花鞋的时候所幻想的那个男人，有着多么大的不同，又有着多么大的距离啊！但是，她们还是依依顺顺地嫁了出去，只不过在穿戴那些衣物的时候，再也找不到做它、缝它时的那种心情了。

这算得了什么呢？谁也不会为她们叹一口气，表示同情。谁也不会关心她们还曾经有过幻想。连她们自己也甚至不会感到过分地悲伤。顶多不过象是丢失了一个美丽的梦。有谁见过那一个人会死乞百赖地寻找一个丢失的梦呢？

当我刚刚能够歪歪咧咧地提着一个篮子跑路的时候，我就跟在大姐姐的身后拣麦穗了。

那篮子显得太大，总是磕碰着我的腿和地面，闹得我老是跌跤。我也很少有拣满一个篮子的时候，我看不见田里的麦穗，却总是看见蚂蚱和蝴蝶，而当我追赶它们的时候，拣到的麦穗，还会从篮子里重新掉回地里去。

有一天，二姨看着我那盛着稀稀拉拉几个麦穗的篮子说："看看，我家大雁也会拣麦穗了。"然后，她又戏谑地问我："大雁，告诉二姨，你拣麦穗做哈？"

我大言不惭地说："我要备嫁妆哩！"

二姨贼眉贼眉地笑了，还向围在我们周围的姑娘、婆姨们眹了眹她那双不大的眼睛："你要嫁谁嘛！"

是呀，我要嫁谁呢？　我忽然想起那个卖灶糖的老汉。我说："我要嫁那个卖灶糖的老汉！"

她们全都放声大笑，象一群鸭子一样嘎嘎地叫着。笑啥嘛！我生气了。难道做我的男人，他有什么不体面的地方吗？

卖灶糖的老汉有多大年纪了？　我不知道。他脸上的皱纹一道挨着一道，顺着眉毛弯向两个太阳穴，又顺着腮帮弯向嘴角。那些皱纹，给他的脸上增添了许多慈样的笑意。当他挑着担子赶路的时候，他那剃得象半个葫芦样的后脑勺上的长长的白发，便随着颤悠悠的扁担一同忽闪着。

我的话，很快就传进了他的耳朵。

那天，他挑着担子来到我们村，见到我就乐了。说："娃呀，你要给我做媳妇吗？"

"对呀!"

他张着大嘴笑了，露出了一嘴的黄牙。他那长在半个葫芦样的头上的白发，也随着笑声一齐抖动着。

"你为啥要给我做媳妇呢？"

"我要天天吃灶糖哩!"

他把旱烟锅子朝鞋底上磕着："娃呀，你太小哩。"

"你等我长大嘛!"

他摸着我的头顶说："不等你张大，我可该进土啦。"

听了他的话，我着急了。他要是死了，那可咋办呢？我那淡淡的眉毛，在满是金黄色的茸毛的脑门上，拧成了疙瘩。我的脸也皱巴得象个核桃。

他赶紧拿块灶糖塞进了我的手里。看着那块灶糖，我又咧着嘴笑了："你别死啊，等着我长大。"

他又乐了。答应着我："我等你长大。"

"你家住哪哒呢？"

“这担子就是我的家，走到哪哒，就歇在哪哒！”

我犯愁了：“等我长大，去哪哒寻你呀！”

“你莫愁，等你长大，我来接你！”

这以后，每逢经过我们这个村子，他总是带些小礼物给我。一块灶糖，一个甜瓜，一把红枣……还乐呵呵地对我说：“看看我的小媳妇来呀！”

我呢，也学着大姑娘的样子——我偷偷地瞧见过——要我娘找块碎布，给我剪了个烟荷包，还让我娘在布上描了花。我缝呀，绣呀……烟荷包缝好了，我娘笑得个前仰后合，说那不是烟荷包，皱皱巴巴，倒象个猪肚子。我让我娘给我收了起来，我说了，等我出嫁的时候，我要送给我男人。

我渐渐地长大了。到了知道认真地拣麦穗的年龄了。懂得了我说过的那些个话。都是让人害臊的话。卖灶糖的老汉也不再开那玩笑——叫我是他的小媳妇了。不过他还是常常那些小礼物给我。我知道，他真的疼我呢。

我不明白为什么，我倒真是越来越依恋他，每逢他经过我们村子，我都会送他好远。我站在土坎坎上，看着他的背影，渐渐地消失在山坳坳里。

年复一年，我看得出来，他的背更弯了，步履也更加蹒跚了。这时，我真的担心了，担心他早晚有一天会死去。

有一年，过腊八的前一天，我约莫着卖灶糖的老汉，那一天该会经过我们村。我站在村口上一棵已经落尽叶子的柿子树下，朝沟底下的那条大路上望着，等着。

那棵柿子树的顶梢梢上，还挂着一个小火柿子。小火柿子让冬日的太阳一照，更是红得透亮。那个柿子多半是因为长在太高的树梢上，才没有让人摘下来。真怪，可它也没让风刮下来，雨打下来，雪压下来。

路上来了一个挑担子的人。走近一看，担子上挑的也是灶糖，人可不是那个卖灶糖的老汉。我向他打听卖灶糖的老汉，他告诉我，卖灶糖的老汉老去了。

我仍旧站在那棵柿子树下，望着树梢上的那个孤零零的小火柿子。它那红得透亮的色泽，依然给人一种喜盈盈的感觉。可是我却哭了，哭得很伤心。哭那陌生的，但却疼爱我的卖灶糖的老汉。

后来，我常想，他为什么疼爱我呢？ 无非我是一个贪吃的，因为生得极其丑陋而又没人疼爱的小女孩吧？

　　等我长大以后，我总感到除了母亲以外，再也没有谁能够象他那样扑素地疼爱过我——没有任何希求，没有任何企望的。

　　真的，我常常想念他。也常常想要找到，我那个皱皱巴巴的，象猪肚子一样的烟荷包。可是，它早已不知被我丢到那里去了。

(选自『爱，是不能忘记的』，广东人民出版社1980年版)

生词

熟悉 [shúxī]	잘 알다, 자세히 알다
拣 [jiǎn]	줍다
麦穗 [màisuì]	보리이삭
月残星稀 [yuècánxīngxī]	달이 이지러지고 별이 드물다
挎 [kuà]	팔에 걸다, 팔을 구부려 끼다
田埂 [tiángěng]	논두렁, 밭두렁
腾起 [téngqǐ]	힘차게 솟아오르다, 피어오르다
方才 [fāngcái]	…해서야 비로소 *"等到 …方才"의 구문으로도 사용
装满 [zhuāngmǎn]	가득 담다, 가득 담기다
窑洞 [yáodòng]	동굴집, 토굴집
收麦子 [shōu màizi]	보리를 수확하다
一斗 [yīdǒu]	한 말
积攒 [jīzǎn]	조금씩 모으다, 저축하다
赶集 [gǎnjí]	장날 장터로 물건을 사러(팔러) 가다
扯 [chě]	천을 끊다, 천을 사다
花布 [huābù]	꽃무늬 천
花线 [huāxiàn]	색실
剪 [jiǎn]	(가위로) 자르다, 오리다
缝 [féng]	바느질하다, 꿰매다
绣 [xiù]	수놓다, 자수하다
合计 [héjì]	의논하다, 상의하다
新嫁娘 [xīnjiàniáng]	신부
包裹 [bāoguǒ]	보따리
依顺 [yīshùn]	고분고분하다, 순종하다

算得了 [suàndéliǎo]　　…라고 여길 수 있다

顶多 [dǐngduō]　　기껏해야

死乞百赖 [sǐqibǎilài]　　억지를 부리다, 생떼를 쓰다

歪歪咧咧 [wāiwāiliēliē]　　비틀비틀하다, 비뚤비뚤하다

磕碰 [kēpèng]　　물건이 서로 부딪히다, 충돌하다

闹得 [nàode]　　결과로서 …가 되다. (어떤 일이) 벌어지다

跌跤 [diējiāo]　　(발이 걸려) 넘어지다

蚂蚱 [màzha]　　메뚜기

蝴蝶 [húdié]　　나비

稀稀拉拉 [xīxilālā]　　드문드문하다

盛 [chéng]　　물건을 용기에 담다, 넣다

大雁 [dàyàn]　　기러기 *본문에서는 아이를 귀엽게 부르는 말임

戏谑 [xìxuè]　　농담하다

做啥 [zuòshá]　　무얼 하려고? *啥[shá]는「什么」의 의미로 의문사임

大言不惭 [dàyánbùcán]　　큰소리치며 조금도 부끄러워하지 않다

嫁妆 [jiàzhuang]　　시집갈 때 가지고 가는 물품

贼眉贼眼 [zéiméizéiyǎn]　　(도둑처럼) 두리번거리다

婆姨 [póyí]　　(넓은 의미로) 기혼의 젊은 여인, 아주머니

睒 [shǎn]　　한쪽 눈을 깜빡이다 *(=眨)

灶糖 [zàotáng]　　맥아당, 엿

老汉 [lǎohàn]　　노인

嘎嘎 [gāgā]　　(웃는 소리) 깔깔. (오리 따위가 우는 소리) 꽥꽥

体面 [tǐmian]　　체면이 서다, 떳떳하다

皱纹 [zhòuwén]　　주름, 주름살

挨 [āi] 가까이 가다, 달라붙어 있다

太阳穴 [tàiyángxué] 태양혈 *귀 위 눈의 옆쪽을 가리킴

弯向 [wānxiàng] …로 향해 구부러져 있다

腮帮 [sāibāng] 뺨, 볼

慈祥 [cíxiáng] 자상하다, 인자하다

笑意 [xiàoyì] 웃음기, 장난기

挑担子 [tiāodànzi] 짐을 짊어지다

剃 [tì] (칼로 머리·수염 따위를) 깎다

葫芦 [húlu] 조롱박, 표주박

后脑勺 [hòunǎosháo] 뒤통수

颤悠悠 [chànyōuyōu] 흔들리는 모양

扁担 [biǎndan] 멜대

忽闪 [hūshan] 반짝거리다, 번쩍거리다

媳妇 [xífù] 며느리

抖动 [dǒudòng] 떨다

为啥 [wèishá] 무엇 때문에, 왜

旱烟 [hànyān] 잎담배

锅子 [guōzi] 보시기처럼 우묵한 부분. 솥 *본문에서는 담뱃대의 대통을 가리킴

咋办 [zǎbàn] 어떻게 하지? *咋=怎么

脑门 [nǎomén] (앞)이마

拧 [níng] 비틀다. 짜다

疙瘩 [gēda] 덩이, 덩어리

皱巴 [zhòubā] 쪼글쪼글하다

核桃 [hétáo] 호두

咧嘴 [liězuǐ] (옆으로 찢어지듯이) 입을 벌리다 * 웃거나 울거나 불만스러울 때 짓는 표정

哪哒 [nǎdā] 어디(=哪搭)

歇 [xiē]　　　　　　쉬다, 휴식하다

犯愁 [fànchóu]　　　걱정하다, 근심하다

莫愁 [mòchóu]　　　걱정하지 마라, 근심하지 마라

每逢 [měiféng]　　　…할 때마다

甜瓜 [tiánguā]　　　참외(=香瓜)

红枣 [hóngzǎo]　　　붉은 대추, 말린 붉은 대추

乐呵呵 [lèhēhē]　　　유쾌한(즐거워하는) 모양

瞧见 [qiáojiàn]　　　보다

烟荷包 [yānhébāo]　　담배 쌈지

前仰后合 [qiányǎnghòuhé]　(웃거나 술취했거나 졸 때) 몸을 앞
　　　　　　　　　　　뒤로 크게 흔들다 *笑得前仰后合:
　　　　　　　　　　　몸이 앞뒤로 흔들릴 정도로 웃다, 배
　　　　　　　　　　　를 움켜잡고 웃다

害臊 [hàisào]　　　　수줍어하다, 부끄러워하다

土坎坎 [tǔkǎnkǎn]　　흙 둔덕

山坳坳 [shān'ào'ào]　　산간의 평지

步履 [bùlǚ]　　　　　보행, 걸음걸이

蹒跚 [pánshān]　　　비틀거리며 걷는 모양

蜡八 [làbā]　　　　　음력 12월 8일 *석가 성불의 날

约莫 [yuēmo]　　　　짐작하다, 추측하다

柿子 [shìzi]　　　　　감. 감나무

顶梢梢 [dǐngshāoshāo]　(나무) 꼭대기의 가지 끝

孤零零 [gūlínglíng]　　외롭다, 적적하다

喜盈盈 [xǐyíngyíng]　　기쁨이 가득하다, 희색이 만면하다

无非 [wúfēi]　　　　　단지 …에 지나지 않는다

极其 [jíqí]　　　　　　지극히, 매우

丑陋 [chǒulòu]　　　　용모나 모양이 추하다

企望 [qǐwàng]　　　　바라다, 기대하다

巴金 (1904~)

小狗包弟

　현대작가, 문학 번역가이다. 원명은 李堯棠이고 四川 成都 사람이다. 1927년 프랑스에 유학하였고 1929년 처녀작 『滅亡』을 발표하면서 본격적인 문학창작 활동을 시작하였다. 지금까지 이미 60여 년 동안 문학활동에 종사하고 있다. 현재 중국작가협회 주석이다. 대표작으로는 장편소설 『家』(1933), 『春』(1938), 『秋』(1940)(이상 3편을 『激流三部曲』이라 함), 『寒夜』(1947), 중편소설 『霧』(1931), 『雨』(1933), 『電』(1935)(이상 3편을 『愛情三部曲』이라 함) 등이 있으며, 산문집으로는 『隨想錄』(1987) 등이 있다. 『隨想錄』은 新時期 전국우수산문집 영예상을 수상했다.

小狗包弟

———

巴金

 一个多月前，我还在北京，听人讲起一位艺术家的事情，我记得其中一个故事是讲艺术家和狗的。据说艺术家住在一个不太大的城市里，隔壁人家养了小狗，它和艺术家相处很好，艺术家常常用吃的东西款待它。"文革"期间，城里发生了从未见过的武斗，艺术家害怕起来，就逃到别处躲了一段时期。后来他回来了，大概是给人揪回来的，说他"里通外国"，是个反革命，批他、斗他，他不承认，就痛打，拳打脚踢，棍棒齐下，不但头破血流，一条腿也给打断了。批斗结束，他走不动，让专政队拖着他游街示众，衣服撕破了，满身是血和泥土，口里发出呻吟。认识的人看见半死不活的他都掉开头去。忽然一只小狗从人丛中跑出来，非常高兴地朝着他奔去。它亲热地叫着，扑到他跟前，到处闻闻，用舌头舐舐，用脚爪在他的身上抚摸。别人赶他走，用脚踢，拿棒打，都没有用，它一定要留在它的朋友的身边。最后专政队用大棒打断了小狗的后腿，它发出几声哀叫，痛苦地拖着伤残的身子走开了。地上添了血迹，艺术家的破衣上留下几处狗爪印。艺术家给关了几年才放出来，他的第一件事就是买几斤肉去看望那只小狗。领居告诉他，那天狗给打坏以后，回到家里什么也不吃，哀叫了三天就死了。

听了这个故事，我又想起我曾经养过的那条小狗。是的，我也养过狗，那是一九五九年的事情，当时一位熟人给调到北京工作，要将全家迁去，想把他养的小狗送给我，因为我家里有一块草地，适合养狗的条件。我答应了，我的儿子也很高兴。狗来了，是一条日本种的黄毛小狗，干干净净，而且有一种本领：它有什么要求时就立起身子，把两只前脚并在一起不停地作揖。这本领不是我那位朋友训练出来的。它还有一位瑞典旧主人，关于他我毫无所知。他离开上海回国，把小狗送给接受房屋租赁权的人，小狗就归了我的朋友。小狗来的时候有一个外国名字，它的译音是

"斯包弟"。我们简化了这个名字，就叫它做"包弟"。

包弟在我们家待了七年，同我们一家人处得很好。它不咬人，见到陌生人，在大门口吠一连，我们一声叫唤，它就跑开了。夜晚篱笆外面人行道上常常有人走过，它听见某种声音就会朝着篱笆又跑又叫，叫声的确有点刺耳，但它也只是叫几声就安静了。它在院子里和草地上的时候多些，有时我们在客厅里接待客人或者同老朋友聊天，它会进来作几个揖，讨糖果吃，引起客人发笑。日本朋友对它更感兴趣，有一次大概在一九六三年或以后的夏天，一家日本通讯社到我家来拍电视片，就拍摄了包弟的镜头。又有一次日本作家由起女士访问上海，来我家作客，对日本产的包弟非常喜欢，她说她在东京家中也养了狗。两年以后，她再到北京参加亚非作家紧急会仪，看见我她就问："您的小狗怎样？"听我说包弟很好，她笑了。

我的爱人萧珊也喜欢包弟。在三年困难时期，我们每次到文化俱乐部吃饭，她总要向服务员讨一点骨头回去喂包弟。一九六二年我们夫妇带着孩子在广州过了春节，回到上海，听妹妹们说，我们在广州的时候，睡房门紧闭；包弟每天清早守在房门口等候我们出来。它天天这样，从不厌倦。它看见我们回来，特别是看到萧珊，不住的摇头摆尾，那种高兴、亲热的样子，现在想起来我还很感动，我仿佛又听见由起女士的问话："您的小狗怎样？"

"您的小狗怎样？"倘使我能够再见到那位日本女作家，她一定会拿同样的一句话问我。她的关系是不会减少的。然而我已经没有小狗了。

一九六六年八月下旬红卫兵开始上街抄"四旧"的时候，包弟变成了我们家的一个大包袱，晚上附近的小孩时常打门大喊大嚷，说是要杀小狗。听见包弟尖声吠叫，我就胆战心惊，害怕这种叫声会把抄"四旧"的红卫兵引到我是家里来。当时我已经处于半靠边的状态，傍晚我们在院子里乘凉，孩子们都劝我把包弟送走，我请我的大妹妹设法。可是在这时节谁愿意接受这样的礼物呢？据说只好送给医院由科研人员拿来做实验用，我们不愿意。以前看见包弟作揖，我就想笑，这些天我在机关学习后回家，包弟向我作揖讨东西吃，我却暗暗地流泪。

形势越来越紧。我们隔壁住着一位年老的工商业者，原先是某工厂的老板，住屋是他自己修建的，同我的院子只隔了一道竹篱。有人到他家去抄"四旧"了。隔壁人家的一动一静，我们听得清清楚楚，从篱笆缝里也看得见一些情况。原来是抄家。这个晚上附近小孩几次打门捉小狗，幸而包弟不曾出来乱叫，也没有给捉了去。这是我六十多年来第一次看见抄家，人们拿着东西进进出出，一些人在大声叱骂，有人摔破坛坛罐罐。这情景实在可怕。十多天来我就睡不好觉，这一夜我想得更多，同萧珊谈起包弟的事情，我们最后决定把包弟送到医院去，交给我的大妹妹去办。

　　包弟送走后，我下班回家，听不见狗叫声，看不见包弟向我作揖、跟着我进屋，我反而感到轻松，真有一种摔掉包袱的感觉。但是在我吞了两片眠尔通、上床许久还不能入睡的时候，我不由自主地想到了包弟，想来想去，我又觉得我不但不曾摔掉什么，反而背上了更加沉重的包袱。在我眼前发现的不是摇头摆尾、连连作揖的小狗，而是躺在解剖桌上给割开肚皮的包弟。我再往下想，不仅是小狗包弟，连我自己也在受解剖。不能保护一条小够，我感到羞耻；为了想保全自己，我把包弟送到解剖桌上，我瞧不起自己，我不能原谅自己！　　我就这样可耻地开始了十年浩劫中逆来顺受的苦难生活。一方面责备自己，另一方面又想保全自己，不要让一家人跟自己一起堕入地狱。我自己终于也变成了包弟，没有死在解剖桌上，倒是我的辛运……

　　整整十三年零五个月过去了。我仍然住在这所楼房里，每天清早我在院子里散步，脚下是一片衰草，竹篱笆换成了无缝的砖墙。隔壁房屋里增加了几户新主人，高高墙壁上多开了两堵窗，有时倒下一点垃圾。当初刚搭起的葡萄架给虫蛀后早已塌下来扫掉，连葡萄藤也被挖走了。右面角上却添了一个大化粪池，是从紧靠着的五层楼公寓迁过来的。少掉了好几株花，多了几棵不开花的树。我想念过去同我一起散步的人，在绿草如茵的时节，她常常弯着身子，或者坐在地上拔除杂草，在午饭前后她有时逗着包弟玩……我好像做了一场大梦。满园的创伤使我的心仿佛又给放在油锅里熬煎。这样的熬煎是不会有终结的，除非我给自己过去十年的苦难生活作了总结，还清了心灵上的欠债。这绝不是容易的事。那么我今后的日子不会是好过的吧。但是那十年我也活过来了。

　　即使在"说谎成风"的时期，人对自己也不会讲假话，何况在今天，我不怕大家嘲笑，我要说，我怀念包弟，我想向它表示歉意。

(选自『巴金随想录』合订本，三联书店香港有限公司1988年版)

生词

包弟 [Bāodì]	개의 이름 *외래어를 음역한 것임
隔壁 [gébì]	이웃, 이웃집
款待 [kuǎndài]	후하게 대접하다, 환대하다
武斗 [wǔdòu]	무기나 폭력에 의한 투쟁
揪 [jiū]	붙잡다
里通 [lǐtōng]	내통하다 *里通外国: 외국과 내통하다
批斗 [pīdòu]	(공개 집회 등에서) 비판·투쟁하다
棍棒 [gùnbàng]	방망이, 곤봉
齐 [qí]	일제히, 다 같이
专政队 [zhuānzhèngduì]	독재대 *문화대혁명 때 만들어진 전문적으로 사람을 학대하던 조직
游街 [yóujiē]	(죄인이나 영웅적인 인물을 앞세우고) 거리로 다니며 보이다 *游街示众: 죄인을 조리돌림하다
舐 [shì]	핥다
脚爪 [jiǎozhǎo]	발톱
抚摸 [fǔmō]	어루만지다, 쓰다듬다
迁 [qiān]	옮기다, 이사하다
本领 [běnlǐng]	본성
作揖 [zuòyī]	읍하다 *두 손(발)을 앞으로 내밀고 하는 공손한 동작을 가리킴
租赁 [zūlìn]	(토지나 집 따위를) 빌려주다. 빌어쓰다
待 [dāi]	머물다, 체류하다

吠 [fèi]	(개가) 짖다
篱笆 [líba]	(대나무나 나무가지 등으로 만든) 울타리
刺耳 [cì'ěr]	(소리나 말이) 귀를 찌르다
拍摄 [pāishè]	촬영하다, 사진을 찍다
镜头 [jìngtóu]	(영화·TV 등의) 커트 신, 한 장면
由起 [Yóuqǐ]	(人名) *일본인
萧珊 [Xiāoshān]	(人名) *巴金의 부인
喂 [wèi]	(동물에게) 먹이를 주다, (먹이를 주어) 기르다
睡房 [shuìfáng]	잠자는 방, 침실
等候 [děnghòu]	(구체적 대상을) 기다리다
厌倦 [yànjuàn]	싫증나다
倘使 [tǎngshǐ]	만약(가령) ……한다면
红卫兵 [hóngwèibīng]	홍위병 *1966년부터 시작된 문화대혁명의 추진력이 된 학생 조직
上街 [shàngjiē]	길거리로 나가다
抄 [chāo]	수사하여 몰수(검거)하다
四旧 [sìjiù]	문화대혁명 초기에 혁명의 주요 목표로 내건 4가지 낡은 악, 즉 旧思想, 旧文化, 旧风俗, 旧惯习을 가리킴
包袱 [bāofu]	부담, 무거운 짐
胆战心惊 [dǎnzhànxīnjīng]	놀라고 겁이 나서 벌벌 떨다
靠边 [kàobiān]	비켜서다. 근신하다. (비판 따위를 받고) 대열·현직·현장 따위를 떠나다
乘凉 [chéngliáng]	더위를 피해 서늘한 바람을 쐬다
设法 [shèfǎ]	방도를 찾다, 대책을 강구하다
叱骂 [chìmà]	호되게 꾸짖다, 호통치다
摔破 [shuāipò]	내던져서 부스다

坛坛罐罐 [tántánguànguàn]　항아리나 작은 단지 따위. 주방 기구

眠尔通 [mián'ěrtōng]　밀타운(miltown) *주로 정신·신경의 진정제로 쓰이며 불안·긴장을 완화시켜 주는 약

解剖 [jiěpōu]　해부(하다)

割开 [gēkāi]　(일반적으로) 세로로 쪼개다, 가르다

羞耻 [xiūchǐ]　부끄러움, 수치

瞧不起 [qiáobuqǐ]　결멸하다, 깔보다 *(=看不起)

可耻 [kěchǐ]　수치스럽다, 치욕스럽다

浩劫 [hàojié]　큰 재해

逆来顺受 [nìláishùnshòu]　외부로부터의 압력을 참고 견디어 내다

责备 [zébèi]　책망하다, 탓하다

堕入 [duòrù]　(구멍·물 따위에) 빠지다, 빠져들다

无缝 [wúfèng]　틈이나 꿰맨 자국이 없다

砖墙 [zhuānqiáng]　벽돌담

堵 [dǔ]　(양사) 담 등을 세는 단위

垃圾 [lājī]　쓰레기, 오물

搭 [dā]　(막 따위를) 치다, 세우다. (다리 따위를) 놓다

葡萄架 [pútáojià]　포도나무 시렁, 포도 덩굴을 올리는 받침대

虫蛀 [chóngzhù]　벌레 먹다, 좀먹다

塌下 [tāxià]　무너지다

扫掉 [sǎodiào]　쓸어내다, 제거하다

化粪池 [huàfènchí]　(수세식 변소의) 정화조

公寓 [gōngyù]　공동주택, 아파트

绿草如茵 [lùcǎorúyīn]　새파란 풀이 요처럼 깔려 있다

拔除 [báchú]　뽑아버리다, 제거하다

创伤 [chuāngshāng]　　상처, 외상

油锅 [yóuguō]　　기름 솥, 기름 남비

熬煎 [āojiān]　　졸이다, 오래 삶다. 시달리다, 고생
하다

欠债 [qiànzhài]　　부채, 빚

除非 [chúfēi]　　오직 …해야만 비로소, 다만 …함으
로써만이 비로소

还清 [huánqīng]　　(빚을) 완전히 갚다, 청산하다

说谎 [shuōhuǎng]　　거짓말하다

成风 [chéngfēng]　　풍조가 되다, 기풍을 이루다

歉意 [qiànyì]　　유감의 뜻, 유감스러운 마음

贾平凹 (1952~)

月迹

　　당대 작가. 본명은 賈平娃로 陝西 丹鳳 사람이다. 중학교를 졸업한 후 고향에서 농사일을 했으며, 후에 西北大學 중문과에서 공부했다. 8년 동안 출판사 편집일에 종사했으며 현재 西安市 文聯의 전업작가이다. 작품은 소설 『兵娃』, 『姐妹本紀』, 『天狗』, 『浮躁』, 『廢都』, 『白夜』, 『懷念狼』등이 있고, 시집 『空白』과 문론집 『平凹文論集』이 있고, 산문집으로 『月跡』, 『愛的蹤迹』, 『心跡』, 『賈平凹散文自選集』 등을 출판하였다. 특히 장편소설 『廢都』(1993년)와 『懷念狼』(2000년)은 출판 후 중국 전역을 휩쓴 베스트셀러가 되어 여러 번 재판되기도 하였다. 또 산문집 『愛的蹤迹』와 소설 『滿月兒』은 각각 전국우수산문집상과 우수소설상을 수상한 바 있다.

月迹

————

贾平凹

　　我们这些孩子，什么都觉得新鲜，常常又什么都不觉满足；中秋的夜里，我们在院子里盼着月亮，好久却不见出来，便坐回中堂里，放了竹窗帘儿闷着、缠奶奶说故事。奶奶是会说故事的；说了一个，还要再说一个……奶奶突然说：

　　"月亮进来了！"

　　我们看时，那竹窗帘儿里，果然有了月亮，款款地，悄没声地溜进来，出现在窗前的穿衣镜上了：原来月亮是长了腿的，爬着那竹帘格儿，先是一个白道儿，再是半圆，渐渐地爬得高了，穿衣镜上的圆便满盈了。我们都高兴起来，又都屏气儿不出，生怕那是个尘影儿变的，会一口气吹跑了呢。月亮还在竹帘儿上爬，那满圆却慢慢又亏了，末了，便全没了踪迹，只留下一个空镜，一个失望。奶奶说：

"它走了，它是匆匆的；你们快出去寻月吧。"

我们就都跑出门去，它果然就在院子里，但再也不是那么一个满满的圆了，尽院子的白光，是玉玉的，银银的，灯光也没有这般儿亮的。院子的中央处，是那棵粗粗的桂树，疏疏的枝，疏疏的叶，桂花还没有开，却有了累累的骨朵儿了。我们都走近去，不知道那个满圆儿去哪儿了，却疑心这骨朵儿是繁星儿变的；抬头看着天空，星儿似乎就比平日少了许多。月亮正在头顶，明显大多了，也圆多了，清清晰晰看见里边有了什么东西。

"奶奶，那月上是什么呢？"我问。

"是树，孩子。"奶奶说。

"什么树呢？"

"桂树。"

我们都面面相觑了，倏忽间，哪儿好像有了一种气息，就在我们身后袅袅，到了头发梢儿上，添上一种淡淡的痒痒的感觉；似乎我们已在了月里，那月桂分明就是我们身后的这一棵了。

奶奶瞧着我们，就笑了：

"傻孩子，那里边已经有人了呢。"

"谁？"我们都吃惊了。

"嫦娥。"奶奶说。

"嫦娥是谁？"

"一个女子。"

哦，一个女子。我想：月亮里，地该是银铺的，墙该是玉砌的，那么好个地方，配住的一定是十分漂亮的女子了。

"有三妹漂亮吗？"

"和三妹一样漂亮的。"

三妹就乐了：

"啊啊，月亮是属于我的了！"

三妹是我们中最漂亮的，我们都羡慕起来；看着她的狂样儿，心里却有了一股嫉妒。我们便争执了起来，每个人都说月亮是属于自己的。奶奶从屋里端了一壶甜酒出来，给我们每人倒了一小杯儿，说：

"孩子们，瞧瞧你们的酒杯，你们都有一个月亮哩！"

我们都看着那杯酒，果真里边就浮起一个小小的月亮的满圆。捧着，一动不动的，手刚一动，它便酥酥地颤，使人可怜儿的样子。大家都喝下肚去，月亮就在每一个人的心里了。

奶奶说：

"月亮是每个人的，它并没走，你们再去找吧。"

我们越发觉得奇了，便在院里找起来。妙极了，它真没有走去，我们很快就在葡萄叶儿上，磁花盆儿上，爷爷的锨刃儿上发现了。我们来了兴趣，竟寻出了院门。

院门外，便是一条小河。河水细细的，却漫着一大片的净沙；全没白日那么的粗糙，灿灿地闪着银光。我们从沙滩上跑过去，弟弟刚站到河的上湾，就大呼小叫了：

"月亮在这儿!"

妹妹几乎同时在下湾喊道："月亮在这儿!"

我两处去看了，两处的水里都有月亮；沿着河沿跑，而且那一处的水里都有月亮了。我们都看着天上，我突然又在弟弟妹妹的眼睛里看见了小小的月亮。我想，我的眼睛里也一定是会有的。噢，月亮竟是这么多的：只要你愿意，它就有了哩。

我们坐在沙滩上，掬着沙儿，瞧那光辉，我说：

"你们说，月亮是个什么呢？"

"月亮是我所要的。"弟弟说。

“月亮是个好。”妹妹说。

我同意他们的话。正像奶奶说的那样：它是属于我们每个人的。我们就又仰起头来看那天上的月亮，月亮白光光的，在天空中。我突然觉得，我们有了月亮，那无边无际的天空也是我们的了，那月亮不是我们按在天空上的印章吗？

大家都觉得满足了，身子也来了困意，就坐在沙滩上，相依相偎地甜甜地睡了一会儿。

(选自『月迹』，百花文艺出版社1982年版)

生词

中堂 [zhōngtáng]	거실의 중앙. 전당(殿堂)의 중앙
竹窗帘儿 [zhúchuānglíánr]	대나무로 만든 발, 주렴
闷着 [mēnzhe]	가만히 있다
缠 [chán]	둘러싸다
款款 [kuǎnkuǎn]	느릿느릿, 천천히
悄没声 [qiāoméishēng]	조용히 소리없이
溜进 [liūjìn]	슬그머니 들어오다, 슬그머니 나타나다
穿衣镜 [chuānyījìng]	체경 *옷을 입거나 모자를 쓸 때 보는 작은 거울
格儿 [gér]	격자 *본문에서는 발의 격자를 뜻함
道儿 [dàor]	줄, 선, 금
满盈 [mǎnyíng]	가득 차다
屏气 [bǐngqì]	숨을 죽이다
生怕 [shēngpà]	…할까봐 몹시 두려워하다. 아마 …일 것이다
尘影儿 [chényǐngr]	먼지 그림자
亏 [kuī]	이지러지다
末了 [mòliǎo]	최후, 마지막
踪迹 [zōngjì]	종적, 자취
尽 [jìn]	모든, 전부의
粗粗 [cūcū]	엉성하다, 거칠다
桂树 [guìshù]	계수나무
疏疏 [shūshū]	드문드문하다, 성기다
累累 [lěilěi]	주렁주렁. 쌓이고 쌓인 모양

骨朵 [gūduo]	봉오리
繁星 [fánxīng]	뭇별, 무수한 별
清晰 [qīngxī]	뚜렷하다, 분명하다
相觑 [xiāngqù]	서로 바라보다, 서로 마주보다
梢儿 [shāor]	(가늘고 긴 물건의) 끝부분
倏忽间 [shūhūjiān]	별안간, 돌연
袅袅 [niǎoniǎo]	가늘고 부드러운 것이 흔들리는 모양, 하늘거리는 모양
嫦娥 [Cháng'é]	상아 *전설에 따르면 선녀로서 서왕모(西王母)의 불사약을 훔쳐 달 속으로 달아났다고 함
痒痒 [yǎngyǎng]	가렵다, 간질간질하다
砌 [qì]	(돌이나 벽돌을) 쌓다
配 [pèi]	…할 자격이 있다, …에 어울리다
羡慕 [xiànmù]	부러워하다
嫉妒 [jídù]	질투(하다)
争执 [zhēngzhí]	고집을 부리며 양보하지 않다, 우기다
捧 [pěng]	두 손으로 받쳐들다
一动不动 [yīdòngbùdòng]	꼼짝하지 않다
酥酥 [sūsū]	힘없이, 가볍게
颤 [chàn]	떨다, 흔들리다
越发 [yuèfā]	더욱, 한층더
磁花盆 [cíhuāpén]	자기로 된 화분
锨 [xiān]	가래(농기구의 일종)
漫 [màn]	두루 퍼져있다, 끝이 없다
净沙 [jìngshā]	깨끗한 모래
粗糙 [cūcāo]	거칠다, 투박하다
掬 [jú]	양손으로 움켜 뜨다(받쳐들다)
按 [àn]	(도장·지장을) 찍다

困意 [kùnyì]　　　　　　　졸음, 졸음기
相依相偎 [xiāngyīxiāngwēi]　　서로 의지하고 기대다

困意 [kùnyì]　　　　　　　졸음, 졸음기
相依相偎 [xiāngyīxiāngwēi]　　서로 의지하고 기대다

孙犁 (1913~)

亡人逸事

　　현대작가. 원명은 孫樹勛이고 河北 安平 사람이다. 고등학교를 졸업하고 더 이상 진학의 기회를 갖지 못하고 생계를 위해 행정기관과 초등학교 직원으로 근무하였다. 1937년부터 항일전쟁에 참가하여 주로 당의 선전사업에 종사하였고 1947년 항일투쟁생활을 담은 단편소설『荷花淀』을 발표하여 문단의 호평을 받기 시작하였다. 1949년 이후에는 天津日報 편집을 담당하면서 소설을 집필하였고 한때 지병으로 고생하다가 1976년 후부터는 주로 산문과 시를 발표하였다. 현재는 중국작가협회 천진분회 명예주석으로 활동하고 있다. 산문집으로는『晩華集』,『疆定集』,『尺澤集』,『遠道集』,『老荒集』,『陋巷集』등이 있고, 주요 저작은『孫犁文集』(81~82년)과 『孫犁散文選』(1984년 전국우수산문집상 수상)에 수록되어 있다.

亡人逸事

孙犁

一

　　旧式婚姻，过去叫做"天作之合"，是非常偶然的。据亡妻言，她十九岁那年，夏季一个下雨天，她父亲在临街的梢门洞里闲坐，从东面来了两个妇女，是说媒为业的，被雨淋湿了衣服。她父亲认识其中的一个，就让她们到梢门下避避雨再走，随便问道：

　　"给谁家说亲去来？"

　　"东头崔家。"

　　"给哪村说的？"

　　"东辽城。崔家的姑娘不大般配，恐怕成不了。"

　　"男方是怎么个人家？"

媒人简单介绍了一下，就笑着问：

"你家二姑娘怎样？不愿意寻吧？"

"怎么不愿意。你们就去给说说吧，我也打听打听。"她父亲回答得很爽快。

就这样，经过媒人来回跑了几趟，亲事竟然说成了。结婚以后，她跟我学认字，我们的洞房喜联横批，就是"天作之合"四个字。她点头笑着说：

"真不假，什么事都是天定的。假如不是下雨，我就到不了你家里来！"

二

虽然是封建婚姻，第一次见面却是在结婚之前。定婚后，她们村里唱大戏，我正好放假在家里。她们村有我的一个远房姑姑，特意来叫我去看戏，说是可以相相媳妇。开戏的那天，我去了。姑姑在戏台下等我。她拉着我的手，走到一条长板凳跟前。板凳上，并排站着三个大姑娘，都穿着花枝招展，留着大辫子。姑姑叫着我的名字，说：

"你就在这里看吧，散了戏，我来叫你家去吃饭。"

姑姑的话还没有说完，我看见站在板凳中间的那个姑娘，用力盯了我一眼，从板凳上跳下来，走到照棚外面，钻进了一辆轿车。那时姑娘们出来看戏，虽在本村，也是套车送到台下，然后再搬着带来的板凳，到照棚下面看戏的。

结婚以后，姑姑总是拿这件事和她开玩笑，她也总是说姑姑会出坏道儿。

她礼教观念很重。结婚已经好多年，有一次我路过她家，想叫她跟我一同回家去。她严肃地说：

"你明天叫车来接我吧，我才走。"我只好一个人走了。

三

她在娘家，因为是小闺女，娇惯一些，从小只会做些针线活；没有下场下地劳动过。到了我们家，我母亲好下地劳动，尤其好打早起，麦秋两季，听见鸡叫，就叫起她来做饭。又没个钟表，有时饭做熟了，天还不亮。她颇以为苦。回到娘家，曾向她父亲哭诉。她父亲问：

"婆婆叫你早起，她也起来吗？"

"她比我起得更早。还说心痛我，让我多睡了会儿哩！"

"那你还哭什么呢？"

我母亲知道她没有力气，常对她说：

"人的力气是使出来的，要伸懒筋。"

有一天，母亲带她到场院去摘北瓜，摘了满满一大筐。母亲问她：

"试试，看你背得动吗？"

她弯下腰，挎好筐系猛一立，因为北瓜太重，把她弄了个后仰，沾了满身土，北瓜也滚了满地。她站起来哭了。母亲倒笑了，自己把北瓜一个个拣起来，背到家里去了。

我们那村庄，自古以来兴织布，她不会。后来孩子多了，穿衣困难，她就下决心学。从纺线到织布，都学会了。我从外面回来，看到她两个大拇指，都因为推机杼，顶得变了形，又粗，又短，指甲也短了。

后来，因为闹日本，家境越来越不好，我又不在家，她带着孩子们下场下地。到了集日，自己去卖线卖布。有时和大女儿轮换着背上两斗高粱，走三里路，到集上去粜卖。从来没有对我叫过苦。

几个孩子，也都是她在战争的年月里，一手拉扯成人长大的。农村少医药，我们十二岁的长子，竟以盲肠炎不治死亡。每逢孩子发烧，她总是整夜抱着，来回在炕上走。在她生前，我曾对孩子们说：

"我对你们，没负什么责任。母亲把你们弄大，可不容易，你们应该记着。"

四

一位老朋友、老邻据，近几年来，屡次建议我写写"大嫂"。因为他觉得她待我太好，帮助太大了。老朋友说：

"她在生活上，对你的照顾，自不待言。在文字工作上的帮助，我看也不小。可以看出，你曾多次借用她的形象，写进你的小说。至于语言，你自己承认，她是你的第二源泉。当然，她瞑目之时，冰连地结，人事皆非，言念必不及此，别人也不会作此要求。但目前情况不同，文章一事，除重大题材外，也允许记些私事。你年事已高，如果仓促有所不讳，你不觉得是个遗憾吗？"

我唯唯，但一直拖延着没有写。这是因为，虽然我们结婚很早，但正像古人常说的：相聚之日少，分离之日多；欢乐之时少，相对愁叹之时多耳。我们的青春，在战争年代中抛掷了。以后，家庭及我，又多遭变故，直至最后她的死亡。我衰年多病，实在不愿再去回顾这些。但目前也出现一些异象：过去，青春两地，一别数年，求一梦而不可得。今老年孤处，四壁生寒，却几乎每晚梦见她，想摆脱也做不到。按照迷信的说法，这可能是地下相会之期，已经不远了。因此，选择一些不太使人感伤的断片，记述如上。已散见于其他文字中者，不再重复。就是这样的文字，我也写不下去了。

我们结婚四十年，我有许多事情，对不起她，可以说她没有一件事情是对不起我的。在夫妻的情分上，我做得很差。正因为如此，她对我们之间的恩爱，记忆很深。我在北平当小职员时，曾经买过两丈花布，直接寄至她家。临终之前，她还向我提起这一件小事，问道：

"你那时为什么把布寄到我娘家去啊？"

我说：

"为的是叫你做衣服方便呀!"

她闭上眼睛，久病的脸上，展现了一丝幸福的笑容。

(选自『孙犁散文选』，人民文学出版社1984年版)

生词

天作之合 [tiānzuòzhīhé]	하늘이 맺어준 결합(혼인)
亡人 [wángrén]	죽은 사람, 망인
逸事 [yìshì]	세상에 드러나지 않은 이야기(일)
亡妻 [wángqī]	죽은 아내
临街 [línjiē]	거리에 면하다
梢门 [shāomén]	후문, 뒷문
说媒 [shuōméi]	중매를 서다, 중매하다
淋湿 [línshī]	흠뻑 젖다
说亲 [shuōqīn]	혼담을 꺼내다
东头 [dōngtóu]	동쪽 끝
亲事 [qīnshì]	혼사, 혼인
竞然 [jìngrán]	마침내, 결국
洞房 [dòngfáng]	신방
喜联 [xǐlián]	결혼 축하 대련
横批 [héngpī]	횡서(横书), 가로로 된 액자 따위를 말함
唱戏 [chàngxì]	(중국의) 전통극이나 지방극 따위를 공연하다
远房 [yuǎnfáng]	먼 친척(의), 먼 일가(의)
相 [xiāng]	(마음에 드는지 어떤지) 직접 보다, 선보다
板凳 [bǎndèng]	(등받이가 없는) 긴 걸상
并排 [bìngpái]	나란히 하다, 나란히 줄을 짓다
花枝招展 [huāzhīzhāozhǎn]	꽃가지가 바람에 흔들거리다. 부녀자가 아름답게 꾸미다

辫子 [biànzi]　　　　　　　　　땋은 머리
盯 [dīng]　　　　　　　　　　　주시하다, 응시하다, 시선을 한곳에
　　　　　　　　　　　　　　　　모으다
照棚 [zhàopéng]　　　　　　　　공연을 위해 만들어 놓은 천막
钻进 [zuānjìn]　　　　　　　　　뚫고 들어가다
轿车 [jiàochē]　　　　　　　　　(말이나 노새가 끌던 휘장을 두른 이
　　　　　　　　　　　　　　　　륜) 마차
套车 [tàochē]　　　　　　　　　말에 마차를 메다 *마차를 준비하다
　　　　　　　　　　　　　　　　는 뜻
出坏道儿 [chūhuàidàor]　　　　나쁜 방법을 쓰다(내다)
娇惯 [jiāoguàn]　　　　　　　　응석받이로 자라 연약하다
做针线活 [zuòzhēnxiànhuó]　　바느질·자수 일을 하다
打 [dǎ]　　　　　　　　　　　　(어떤 일·동작을) 하다, (어떤 방법
　　　　　　　　　　　　　　　　을) 쓰다 *好打早起: 늘 일찍 일어
　　　　　　　　　　　　　　　　나다
麦秋 [màiqiū]　　　　　　　　　밀·보릿 가을 *보리와 밀을 수확하
　　　　　　　　　　　　　　　　는 계절
哭诉 [kūsù]　　　　　　　　　　울면서 하소연하다
心疼 [xīnténg]　　　　　　　　　몹시 아끼다(사랑하다)
力气 [lìqi]　　　　　　　　　　　힘, 체력
使出 [shǐchū]　　　　　　　　　(힘·지력 따위를) 발휘하다, 쓰다
懒筋 [lǎnjīn]　　　　　　　　　풀린(축 늘어진) 근육 *要伸懒筋:
　　　　　　　　　　　　　　　　근육이 축 늘어지게 마련이다
北瓜 [běiguā]　　　　　　　　　호박 *(=南瓜)
场院 [chángyuàn]　　　　　　　마당, 뜰
筐 [kuāng]　　　　　　　　　　(대나무나 버드나무로 만든) 광주리
后仰 [hòuyǎng]　　　　　　　　뒤로 벌렁 나자빠지다
挎 [kuà]　　　　　　　　　　　어깨에 메다
系 [jì]　　　　　　　　　　　　묶다, 매다

沾 [zhān]　　　　　　　　젖다, 묻다
兴 [xīng]　　　　　　　　흥성하다, 성행하다
织布 [zhībù]　　　　　　　베를 짜다
纺线 [fǎngxiàn]　　　　　실을 잣다, 실을 뽑다
拇指 [mǔzhǐ]　　　　　　엄지 손가락
机杼 [jīzhù]　　　　　　　베틀, 베틀의 북
顶 [dǐng]　　　　　　　　밑에서부터 위로 내밀다
指甲 [zhǐjiǎ]　　　　　　손톱
闹 [nào]　　　　　　　　소란을 피우다
集日 [jírì]　　　　　　　장날
轮换 [lúnhuàn]　　　　　교대하다, 번갈아서 …하다 *(=轮
流)

高粱 [gāoliang]　　　　　수수
粜 [tiào]　　　　　　　　양식을 팔다, 방출하다
一手 [yīshǒu]　　　　　혼자서
拉扯 [lāche]　　　　　　고생스럽게 키우다
盲肠炎 [mángchángyán]　맹장염
炕 [kàng]　　　　　　　온돌
屡次 [lǚcì]　　　　　　누차, 거듭
自不待言 [zìbùdàiyán]　두말 할 필요도 없다
瞑目 [míngmù]　　　　　(죽어서) 눈을 감다
年事 [niánshì]　　　　　나이, 연령
仓促 [cāngcù]　　　　　급작스럽다, 황급하다
有所 [yǒusuǒ]　　　　　다소(어느 정도) …하다 *뒤에 동사
나 형용사가 옴

不讳 [bùhuì]　　　　　　숨기지 않다, 꺼릴 것 없이 말하다
遗憾 [yíhàn]　　　　　　유감. 유감스럽다
唯唯 [wéiwéi]　　　　　예예(대답하는 소리)
拖延 [tuōyán]　　　　　늦추다, 지연하다

相聚 [xiāngjù]　　　　　　서로 함께 있다
愁叹 [chóutàn]　　　　　　근심하고 원망하다
抛掷 [pāozhì]　　　　　　버려두고 돌보지 않다, 내버려두다
异象 [yìxiàng]　　　　　　기이한 현상
感伤 [gǎnshāng]　　　　　슬픔을 느끼다
重复 [chóngfù]　　　　　　중복하다, 반복하다
情分 [qíngfen]　　　　　　정분, 인정
恩爱 [ēn'ài]　　　　　　　(부부간의) 애정
花布 [huābù]　　　　　　　꽃무늬 천

丁玲 (1904~1986)

曼哈顿街头夜景

　　여류작가. 원명은 蔣偉, 자는 冰之이며, 湖南省 臨澧사람이다. 上海大學과 北京大學 등에서 문학과정을 공부하였다. 1928년 대표소설『莎菲女士的日記』를 발표하여 문단의 주목을 끌기 시작하였다. 1930년에 中國左翼作家聯盟에 참가하였고 1932년에는 중국 共産黨에 가입하여 활동하였다. 1948년에는 최초로 토지개혁운동을 다룬 장편소설『太陽照在桑乾河上』(1949년『桑乾河上』으로 개명)을 발표하여 모택동이 제시한 延安文藝座談會의 취지를 잘 반영한 작품으로 평가 받기도 하였다. 문화대혁명 때는 우파로 몰려 5년간 감금되기도 했는데 1979년 명예회복이 된 후부터는 주로 산문, 회고록, 잡문 등을 발표하였다. 산문집으로『一年』(1939),『歐行散記』(1951),『丁玲散文集』(1980),『訪美散記』(1983) 등이 있다.

曼哈顿街头夜景

丁玲

去年十一月四日，我到了纽约，这是世界上最大的城市之一。傍晚，我住进了曼哈顿区的一家旅馆，地处纽约最繁华的市区。夜晚，我漫步在银行、公司、商店、事务所密聚的街头。高楼耸立夜空，像陡峻的山峰；墙壁是透明的玻璃，好像水晶宫。五颜六色的街灯闪闪烁烁，远远近近，高高低低，时隐时现。走在路上，就像浮游在布满繁星的天空，汽车如风如龙，飞驰而过，车上的尾灯，似无数条红色丝带不断地向远方引伸。这边，明亮的橱窗里，陈列着锃锃发亮的金银餐具、红的玛瑙、青翠的碧玉、金刚钻在耀眼，古铜器也在诱人。那边，是巍峨的宫殿，门口站着穿制服的巡警，美丽的花帘在窗后掩映。人行道上，走着不同肤色的人群，服装形形色色，打扮五花八门，都那样来去匆匆。这些人从哪里来？ 到哪里去？他们走在通衢大道，却似在险峻的山路上爬行，步步泥泞。曼哈顿是大亨们的天下，他们操纵着世界股票的升降，有些人可以荣华富贵，更多的人逃不脱穷愁的命运。是幸福或是眼泪，都系在这交易所里的电子数字的显示牌上。我徜徉在这热闹的街头，四顾灿烂似锦似花，但我却看不出它的美丽。我感到了这里的复杂，却不认为有多么神秘。这里有一切，这里没有我。但又像一切都没有，惟独只有我。我走在这里，却与这里远离。好像我有缘，才走在这里；但我们之间仍是缺少一丝缘分。我在这里只是一个偶然的、匆忙的过客。

　　看，那街角上坐着一个老人，伛偻着腰，半闭着眼睛。行人如流水在他身边淌过，闪烁的灯光在他身前掠过。没有人看他一眼，他也不看任何人，他在听什么？ 他在想什么？ 他对周围是漠然的，行人对他更漠然。他要什么？ 好像什么都不要，只是木然地坐在那里。他要干什么？ 他什么也不干，没有人需要他干点什么。他坐在这热闹的街头，坐在人流中间，他与什么都无关，与街头无关，与人无关。但他还活着，是一个活人，坐在这繁华的街头。他有家吗？ 有妻子吗？ 有儿女吗？ 他一定有过，现在可能都没有了。他就一个人，他总有一个家，一间房子。他坐在那间小的空空的房子里，也像夜晚坐在这繁华的街头一样，没有人理他。他独自一个人，半闭着眼睛、伛偻着腰。就这样坐在街头吧，让他来点缀这繁华的街道。总会有一个人望望他，想想他，并由他想到一切。让他独自在这街头，在鲜艳的色彩中涂上灰色的一笔。在这里，他比不上一盏街灯；比不上橱窗里的一个仿古花瓶；比不上挂在壁上的一幅乱涂的油画；比不上掠身而过的一身紫色的衣裙；比不上眼上的蓝圈、血似的红唇；更比不上牵在女士们手中的那条小狗。他什么都不能比，他只在一幅俗气的风景画里留下一笔不显眼的灰色，和令人思索的一缕冷漠和凄凉。但他可能当过教授，曾经桃李满天下；他可能是个拳王，一次一次使观众激动疯狂；他可能曾在情场得意，半生风流；他可能在赌场失手，一败涂地，输个尽光；他也可能曾是亿万富翁，现在却落得无地自容。他两眼望地，他究竟在想什么？是回味那往昔荣华，诅咒今天的满腹忧愁；还是在追想那如烟似雾的欢乐，重温那香甜的春梦？ 老人，你就坐在那里吧，半闭着眼睛，偻着腰，一副木木然的样子，点缀纽约的曼哈顿的繁华的夜景吧。别了，曼哈顿，我实在无心在这里久留。

(选自『访美散记』，湖南人民出版社1983年版)

┃ 生词

曼哈顿 [Mànhādùn]	地名 *맨해튼
纽约 [Niǔyuē]	地名 *뉴욕
耸立 [sǒnglì]	우뚝솟다, 높이솟다
傍晚 [bàngwǎn]	저녁 무렵, 해질 무렵
陡峻 [dǒujùn]	가파르고 험준하다
飞驰 [fēichí]	날 듯이 달리다
浮游 [fúyóu]	떠다니다
丝带 [sīdài]	비단 리본(테이프)
引伸 [yǐnshēn]	(뜻이) 전의되다. (줄, 끈 따위가) 펼쳐지다
橱窗 [chúchuāng]	진열창, 쇼 윈도
锃 [zèng]	(기물 따위가 닦여서) 반들반들하다, 반짝거리다
玛瑙 [mǎnǎo]	마노 *보석의 종류
青翠 [qīngcuì]	새파랗다, 푸르다
碧玉 [bìyù]	푸른 빛의 고운 옥
金刚钻 [jīngāngzhuān]	금강사, 금강석
耀眼 [yàoyǎn]	눈부시다
诱人 [yòurén]	사람을 꾀다. 매력적이다 *诱惑: 유혹하다
巍峨 [wēi'é]	산·건물 등이 높고 큰 모양. 우뚝 솟은 모양
宫殿 [gōngdiàn]	궁전
巡警 [xúnjǐng]	순경, 경찰
掩映 [yǎnyìng]	두 사물이 서로 가리면서 어울려 돋

보이다

肤色 [fūsè]　　피부(皮肤) 색

五花八门 [wǔhuābāmén]　　형형 색색, 여러 가지 모양

通衢 [tōngqú]　　사통 팔달의 도로 *~大街, ~大道

险峻 [xiǎnjùn]　　험준하다. 높고 험하다

泥泞 [nínìng]　　진창, 질퍽거리다

大亨 [dàhēng]　　거물, 보스

穷愁 [qióngchóu]　　가난에 쪼들려 근심하다, 곤궁하여 근심하다

系 [xì]　　맺다. 관련되다. 달려 있다

徜徉 [chángyáng]　　유유히 걷다. 한가로이 거닐다

有缘 [yǒuyuán]　　인연이 있다

缘分 [yuánfèn]　　인연, 연분

伛偻 [yǔlǚ]　　몸을 굽히다, 허리를 구부리다

淌 [tǎng]　　(물이) 흐르다, 흘러내리다

掠过 [lüèguo]　　스쳐 지나가다

漠然 [mòrán]　　무관심한 모양, 개의치 않는 모양

点缀 [diǎnzhui]　　돋보이게 하다. 장식하다

盏 [zhǎn]　　등이나 잔을 세는 단위(양사)

仿古 [fǎnggǔ]　　고기(古器)를 본떠서 만들다

显眼 [xiǎnyǎn]　　눈에 띄다, 두드러지다

桃李满天下 [táolǐmǎntiānxià]　　문하생(제자)이 천하에 가득하다 * 桃李: 문하생

情场 [qíngchǎng]　　사랑의 세계, 애정의 세계

失手 [shīshǒu]　　실수하다. 손에서 놓치다, 손에서 빠지다

一败涂地 [yībàitúdì]　　철저히 실패하여 돌이킬 수 없다, 여지없이 패배하다

回味 [huíwèi]　　음미하다, 회상하다

诅咒 [zǔzhòu]　　　　　　저주하다
满腹 [mǎnfù]　　　　　　뱃속에 가득하다
重温 [chóngwēn]　　　　복습하다 *～旧梦: 다시 한번 옛꿈
　　　　　　　　　　　을 꾸다

田野 (1923～)

挂在树梢上的风筝

　　당대작가, 편집인이며, 四川省 城都 사람이다. 1947년 정치대학 외교학과를 졸업하고 대만으로 갔다가 1955년 대륙으로 다시 돌아와서『湖北文藝』,『長江文藝』,『長江』등 문예지의 편집인으로 활동하였으며 1987년에는 중국작가협회로부터 文學期刊 편집 명예증서를 수여 받았다. 문학 창작은 1940년부터 시작하였는데 주로 시와 산문을 중심으로 창작하였다. 시집으로『愛自然者』,『路』가 있으며 산문집으로『臺灣臉譜』(1957),『相思曲』(1979),『海行記』(1982),『掛在樹梢上的風箏』(1986)이 있다. 특히『掛在樹梢上的風箏』은 1989년 전국 우수산문집 상을 수상하였다.

挂在树梢上的风筝

田野

随便走到哪里，大自然都是美丽的。

但我还是喜欢故乡的山，故乡的水哩。

还是远在宝岛台湾的时候，还是早在三十年前青春的岁月，我就常常思念海峡对岸我的故乡的那座无名的小山了。

而特别使我难忘的，是山顶上的那株古老的大榕树：青枝绿叶，亭亭如盖，并且还悬垂着潇洒的长长的胡须。真有如，一位登高而望归人的老者哩。

我的故乡是平原。从外地回来的游子望见山顶上那株高高的老榕树时，他就知道：快到家了！

记得，在抗日战争时期，由于日本飞机的空袭，我读书的学校，疏散到附近的县上去了。寒假或是暑假回家时，我和同学们，三五成群，在长而懒散的公路上行走着，走着，疲乏而又单调地走着。忽然之间，有谁最先发现了那山顶上的老榕树——虽然，还仅仅只是个蒙蒙的影子——，就像哥仑布发现了新大陆一样，所有的人都情不自禁地欢呼起来："到家了!"于是，我们不觉都争先恐后地加快了脚步，而且越走越快，越走越有劲。老榕树的影子，也越来越看得更清楚了。——真像一位登高而望归人的老者呢……

我还记得，小时候，我最喜欢带上几本书做枕头，一个人躺在大榕树下面的草地上，自由自在地幻想。阳光下，淡淡的野花的香味，像故乡的米酒一样令我沉醉。

我更记得，在每年春节后的几天，我的故乡有放风筝的习惯。而山顶，就是孩子们比赛的地点。各式各款的风筝，一个比一个放得更高。我的彩色的蝴蝶风筝，在辽阔的天空，显得特别的轻盈。

但是，很不幸。有一次，在收线的时候，我的蝴蝶，一下子被大榕树的树梢缠住。线扯断了，风筝却飘飘荡荡地挂在那里……

多少年已经过去。我离开故乡，也越来越远、越来越久了。但是，我却一直觉得，我的风筝，好像还依然挂在那株大榕树的树梢上呢。

在台湾，每当我想起我的故乡，我就一定会想起那座无名的小山，一定会想起那株古老的榕树；也就一定会想起似乎还依然挂在那树梢上的我的风筝。

于是，我就有着一种难以言喻而又难以排遣的痛苦的思念和思念的痛苦。好像，我的游子的心，也挂在那海峡对岸的遥远的树梢上一样……

台湾是多山的。从北部的大屯山，中部的阿里山，到南部的鼓山、旗山，我都去过。这些海外名山，也的确各有特点。但我仍然无法忘情于我的故乡的那座无名的小山。而且，随着时间的流逝，年龄的增长，这种思念之情，是越来越强列了。

是一九五三年的春天吧？ 有一个周末，我同妻到台北水源地附近的一座小山去散步。

天气很好。阳光从青色的密林洒下，有如温暖的雨滴。

我们沿着浅草的小径，一直走到了山顶。然后，我们就在一株开满红花的凤凰木下休息。妻坐着，在欣赏山下的风景。我双手枕着头，躺在草地上，嘴里含着一片无花果树的叶子。微风吹来，我闻到一股醉人的早稻的清香。——台北平原上的作物，已经快成熟了。

我突然感到：我好像又回到了海峡对岸的我的故乡了，好像我正躺在那座无名的小山上，躺在那株古老的榕树下面……

我很自然地举目望了望树梢：红色的凤凰花，在微风中轻轻摇动着。

但是，我的风筝呢？那挂在树梢上的彩色的蝴蝶，它在哪里？

于是，我翻身坐起，并不觉叹了一口气。

妻从来没有到过大陆，更没有到过我的故乡。但她是懂得我的思念的。关于那座无名的小山，关于那株古老的榕树，关于那个失去的风筝，这些年，她也听我不止讲过一次了。

"我知道你为什么叹气……"她望着我。

在下山的路上，我们都没有说话。只有那两旁的草丛里，响着时远时近的虫鸣。

妻忽然停下步来，回头望了望山顶上的凤凰木，好像对我说，又好像在自言自语：

"我想。我会理解的……"

我的心里，顿时涌起一股热流。我也不觉回过头来，又望了望山顶上的那株凤凰木，在微风中，红色的花，正轻轻也遥动着。

后来，我终于回归祖国的大陆了。

记得，在我有幸返乡探亲的路上，我一夜都没有睡好。我听着列车员在报告一个一个熟悉而又陌生的站名，我知道，故乡近了近了。虽然，在夜里，我看不见我心中的那座无名的小山，那棵古老的榕树：但是，我多么想再像当年那样背着书包，一面跑一面欢呼着："到家了！到家了！"

然而，时间无情，我毕竟是个大人了。人生的波折，甚至使我更早地成熟，更早地衰老。此时此刻，我的心情，我的感触，应该说，是远比当年要复杂得多啊!

一早，我特地去看了那座无名的小山。就像我故乡的面貌一样，小山也变了，变得更美了：一条一条的梯田，整整齐齐。山顶上那株古老的榕树，依然是青枝绿叶，亭亭如盖：依然是悬垂着潇洒的长长的胡须。我深情地抚摸着我曾经如此思念过的老榕树，我的心中充满着一种难以自已的激动。我回头望望山下，一片金黄的菜花。灰色的城墙，已经拆掉了：代之而起的，是一幢一幢红瓦的楼房。往日的公路，已经铺上了石渣柏油的路面；而从来没有过的铁轨，也一直通向了远方……

这不就是我从前曾经有过的幻想吗？　当我用几本书作枕头，躺在这棵老榕树下面的草地上的时候。

但是，我仍然有着一种难以言喻而又难以排遣的寂寞之感：我的那个挂在树梢上的风筝呢？　它在哪里？　我举目凝望着云天远外，而陷入了沉思。

我仿佛看到，看到了在海峡彼岸台北市水源地附近的那座小山了。

我更仿佛看到，小山顶山的那株风凰木了：在微风中，它的红色的花朵正轻轻地摇动。一朵一朵的红花，在我模糊的泪眼中，又仿佛都幻化成，幻化成了我那失去的风筝……

(选自『挂在树梢上的风筝』，百花文艺出版社1986年版)

生词

风筝 [fēngzhēng]	연
榕树 [róngshù]	용수나무
亭亭 [tíngtíng]	우뚝하게 높이 솟은 모양
悬垂 [xuánchuí]	매달아 늘어뜨리다, 매달아 드리우다
潇洒 [xiāosǎ]	(모습·행동 따위가) 소탈하다, 말쑥하고 멋스럽다, 구속받지 않고 시원스럽다
有如 [yǒurú]	마치 …와 같다, …와 비슷하다
游子 [yóuzǐ]	나그네, 방랑자
疏散 [shūsàn]	분산시키다. 드문드문하다
懒散 [lǎnsǎn]	산만하다, 해이하다. 나태하고 산만한 모양
疲乏 [pífá]	피로(하다), 피곤(하다)
情不自禁 [qíngbùzìjìn]	자신의 감정을 억제할 수 없다. 저도 모르게, 절로
争先恐后 [zhēngxiānkǒnghòu]	늦을세라(뒤질세라) 앞을 다투다
各款 [gèkuǎn]	여러 항목. 여러 모양 *款式: 양식, 스타일, 디자인
轻盈 [qīngyíng]	(여성의 몸매와 동작이) 유연하다, 나긋나긋하다. 가뿐하다
收线 [shōuxiàn]	실을 거두다
缠住 [chánzhù]	얽매이다, 감기다
撦 [chě]	찢다, 뜯다
飘荡 [piāodàng]	(공중에) 나부끼다, 펄럭이다. (물위에) 떠돌다

言喩 [yányù]　　비유하다 *(=比喩)

排遣 [páiqiǎn]　　기분 전환을 하다. (뜻대로 안되는 일에 대해) 스스로 위로하다

大屯山 [Dàtúnshān]　　대둔산(산 이름)

忘情 [wàngqíng]　　(항상 부정문에 쓰여) 정을 잊다, 정을 버리다

流逝 [liúshì]　　유수처럼 빨리 사라지다(지나가다)

雨滴 [yǔdī]　　빗방울

早稻 [zǎodào]　　올벼

波折 [bōzhé]　　풍파, 우여 곡절

梯田 [tītián]　　계단식 밭

抚摸 [fǔmō]　　머루만지다, 쓰다듬다

拆掉 [chāidiào]　　헐다, 뜯어 버리다

幢 [zhuàng]　　동(株), 채 (집채의 수를 나타내는 말)

楼房 [lóufáng]　　층집

石渣 [shízhā]　　돌부스러기

柏油 [bǎiyóu]　　콜타르, 아스팔트(=沥青)

幻化 [huànhuà]　　기이하게 변화하다

杨绛 (1911~)

老王

　　당대 여류작가, 번역가. 원명은 楊季康이며, 江蘇省 無錫 사람이다. 1932년 蘇州 東吳大學을 졸업하고 淸華大學 대학원에서 외국문학을 공부하였다. 1935년 錢鍾書와 결혼하여 옥스퍼드와 파리대학에서 유학하였으며 1938년 귀국 후에는 청화대학 등에서 교수로 재직하였다. 1953년부터는 중국 社會科學院 外國文學硏究所의 연구원으로 활동하면서 외국문학 연구와 번역, 그리고 산문과 소설 창작을 해 왔다. 번역본으로『小癩子』(1951), 『吉爾·布拉斯』(1956),　『堂·吉訶德』(1978)이 있고,　산문집으로『干校六記』(1981),『將飮茶』(1987) 등이 있고, 최근에 출간된 문집으로『楊絳作品集』(1993)이 있다.

老王

杨绛

　　我常坐老王的三轮。他蹬，我坐，一路上我们说着闲话。

　　据老王自己讲：北京解放后，蹬三轮的都组织起来；那时候他"脑袋慢"，"没绕过来"，"晚了一步"，就"进不去了"。他感叹自己"人老了，没用了"。老王常有失群落伍的惶恐，因为他是单干户。他靠着活命的只是一辆破旧的三轮车；有个哥哥死了，有两个侄儿"没出息"，此外就没什么亲人。

　　老王不仅老，他只有一只眼，另一只是"田螺眼"，瞎的。乘客不愿坐他的车，怕他看不清，撞了什么。有人说，这老光棍大约年轻时候不老实，害了什么恶病，瞎掉一只眼。他那只好眼也有病，天黑了就看不见。有一次，他撞在电杆上，撞得半面肿胀，又青又紫。那时候我们在干校，我女儿说他是夜盲症，给他吃了大瓶的鱼肝油，晚上就看得见了。他也许是从小营养不良而瞎了一眼，也许是得了恶病，反正同是不幸，而后者该是更深的不幸。

有一天傍晚，我们夫妇散步，经过一个荒僻的小胡同，看见一个破破落落的大院，里面有几间塌败的小屋；老王正蹬着他那辆三轮进大院去。后来我坐着老王的车和他闲聊的时候，问起那里是不是他的家。他说，住那儿多年了。

有一天夏天，老王给我们楼下人家送冰，愿意给我们家带送，车费减半。我们当然不要他减半收费。每天清晨，老王抱着冰上三楼，代我们放入冰箱。他送的冰比他前任送的大一倍，冰价相等。胡同口蹬三轮的我们大多熟识，老王是其中最老实的。他从没看透我们是好欺负的主顾，他大概压根儿没想到这点。

"文化大革命"开始，默存不知怎么的一条腿走不得路了。我代他请了假，烦老王送他上医院。我自己不敢乘三轮，挤公共汽车到医院门口等待。老王帮我把默存扶下车，却坚决不肯拿钱。他说："我送钱先生看病，不要钱。"我一定要给钱，他哑着嗓子悄悄问我：
"你还有钱吗？"我笑说有钱，他拿了钱却还不大放心。

我们从干校回来，载客三轮都取缔了。老王只好把他那辆三轮改成运货的平板三轮。他并没有力气运送什么货物。幸亏有一位老先生愿把自己降格为"货"，让老王运送。老王欣然在三轮平板的周围装上半寸高的边缘，好像有了这半寸边缘，乘客就围住了不会掉落。我问老王凭这位主顾，是否能维持生活。他说可以凑合。可是过些时老王病了，不知什么病，花钱吃了不知什么药，总不见好。开始几个月他还能扶病到我家来，以后只好托他同院的老李来代他传话了。

有一天，我在家听到打门，开门看见老王直僵僵地镶嵌在门框里。往常他坐在蹬三轮的座上，或抱着冰伛着身子进我家来，不显得那么高。也许他平时不那么瘦，也不那么直僵僵的。他面色死灰，两只眼上都结着一层翳，分不清哪一只瞎、哪一只不瞎。说得可笑些，他简直像棺材里倒出来的，就像我想象里的僵尸，骷髅上绷着一层枯黄的干皮，打上一棍就会散成一堆白骨。我吃惊说："啊呀，老王，你好些了吗？"

他"嗯"了一声，直着脚往里走，对我伸出两手。他一手提着个瓶子，一手提着一包东西。

我忙去接。瓶子里是香油，包裹里是鸡蛋。我记不清是十个还是二十个，因为在我记忆里多得数不完。我也记不起他是怎么说的，反正意思很明白，那是他送我们的。

我强笑说："老王，这么新鲜的大鸡蛋，都给我们吃？"

他只说："我不吃"

我谢了他的好香油，谢了他的大鸡蛋，然后转身进屋去。他赶忙止住我说："我不是要钱"

我也赶忙解释："我知道，我知道——不过你既然来了，就免得托人捎了。"

他也许觉得我这话有理，站着等我。

我把他包鸡蛋的一方灰不灰、蓝不蓝的方格子破布叠好还他。他一手拿着布，一手攥着钱，滞笨地转过身子。我忙去给他开了门，站在楼梯口，看他直着脚一级一级下楼去，直担心他半楼梯摔倒。等到听不见脚步声，我回屋才感到抱歉，没请他坐坐喝口茶水。可是我害怕得糊涂了。那直僵僵的身体好象不能坐，稍一弯曲就会散成一堆骨头。我不能想象他是怎么回家的。

过了十多天，我碰见老王同院的老李。我问"老王怎么了？ 好些没有？"

"早埋了。"

"呀，他什么时侯……"

"什么时候死的？ 就是到您那儿的第二天。"

他还讲老王身上缠了多少尺全新的白布——因为老王是回民，埋在什么沟里。我也不懂，没多问。

我回家看着还没动用的那瓶香油和没吃完的鸡蛋，一再追忆老王和我对答的话，捉摸他是否知道我领受他的谢意。我想他是知道的。但不知为什么，每想起老王，总觉得心上不安。因为吃了他的香油和鸡蛋？因为他来表示感谢，我却拿钱去侮辱他？ 都不是。几年过去了，我渐渐明白：那是一个幸运的人对一个不幸者的愧怍。

(自选『杨绛作品集』(第2卷)，中国社会科学出版社1993年版)

生词

蹬 [dēng]	(위로) 오르다. (자전거 등의 페달을) 밟다
脑袋 [nǎodai]	뇌, 두뇌, 지능
绕 [rào]	우회하다 *~过来, ~过去
失群落伍 [shīqúnluòwǔ]	무리에서 뒤쳐져 낙오가 되다
惶恐 [huángkǒng]	공포감을 느끼다, 놀라서 얼이 빠지다
单干户 [dāngànhù]	농업 합작 시기에 합작사(合作社)나 인민공사(人民公社)에 참가하지 않은 농가
活命 [huómìng]	목숨, 생명
破旧 [pòjiù]	오래되어 낡고 헤지다, 허름하다
侄儿 [zhír]	조카
没出息 [méichūxi]	변변치 못하다, 못나다
田螺眼 [tiánluóyǎn]	크게 튀어 나온 눈 *田螺: 우렁
瞎 [xiā]	눈이 멀다, 실명하다
老光棍 [lǎoguānggùn]	원시안을 가진 사람 *老光은 원시안의 뜻, 棍은 원래 막대기·몽둥이의 뜻이나 무뢰한·건달 등 사람을 나타낼 때 사용함
老实 [lǎoshí]	성실하다, 솔직하다
害病 [hàibìng]	병들다, 병에 걸리다
电杆 [diàngān]	전봇대, 전주
肿胀 [zhǒngzhàng]	붓다, 부어오르다
干校 [gànxiào]	간부학교(干部学教)의 준말
夜盲症 [yèmángzhèng]	야맹증

鱼肝油 [yúgānyóu]　　어간유, 간유

营养 [yíngyǎng]　　영양, 양분

反正 [fǎnzheng]　　어쨌든, 아무튼

荒僻 [huāngpì]　　황량하고 외지다, 궁벽하다

破落 [pòluò]　　영락하다, 몰락하다

塌败 [tābài]　　무너져 내려앉다

闲聊 [xiánliáo]　　잡담하다, 한담하다

减半 [jiǎnbàn]　　반감하다

收费 [shōufèi]　　요금, 비용

前任 [qiánrèn]　　전임(자)

熟识 [shúshi]　　잘 알다

看透 [kàntòu]　　(상대의 속셈을) 간파하다, 알아차리다, (상대의 결점이나 사물의 무의미함을) 꿰뚫어보다

欺负 [qīfu]　　얕보다, 업신여기다

压根儿 [yàgēnr]　　(주로 부정문에 사용하여) 전혀, 근본적으로, 원래

默存 [Mòcún]　　(人名) *钱钟书의 字

哑嗓子 [yǎ sǎngzi]　　목이 쉬다 *哑着嗓子는 "쉰 목소리를 하고서"의 뜻

载客 [zàikè]　　승객·여객을 태우다

取缔 [qǔdì]　　금지하다, 단속하다

运货 [yùnhuò]　　화물을 운반하다

平板三轮 [píngbǎnsānlún]　　(화물을 싣는 부분이 평평한 판으로 된) 화물을 싣는 삼륜차

降格 [jiànggé]　　(기준·신분 따위를) 낮추다, 격을 낮추다

边缘 [biānyuán]　　가, 가장자리

掉落 [diàoluò]　　떨어지다

主顾 [zhǔgù]	고객, 단골손님
凑合 [còuhe]	형편이 좋다
扶病 [fúbìng]	병을 무릅쓰다
直僵僵 [zhíjiāngjiāng]	딱딱하게 굳어있는 모양
镶嵌 [xiāngqiàn]	상감하다, 끼워넣다
门框 [ménkuàng]	문틀
往常 [wǎngcháng]	평소, 평상시
伛 [yǔ]	(몸을) 구부리다
翳 [yì]	안구 각막병에 걸린 후 남은 흔적
棺材 [guāncai]	관, 널
僵尸 [jiāngshī]	썩지 않고 굳어진 송장
骷髅 [kūlóu]	해골
绷 [bēng]	팽팽하게 잡아당기다
枯黄 [kūhuáng]	시들어서 누렇게 되다
干皮 [gānpí]	마른 피부
散成 [sǎnchéng]	흩어져서 …가 되다, 분해되어 …가 되다
香油 [xiāngyóu]	참기름 *(=麻油 [máyóu])
包裹 [bāoguǒ]	짐꾸러미, 보따리
强笑 [qiángxiào]	억지로 웃다, 애써 웃다
止住 [zhǐzhù]	멈추게하다, 제지하다
免得 [miǎnde]	면하다, 피하다. …하지 않도록
托人捎 [tuōrénshāo]	남에게 부탁하여 인편에 보내다
攥 [zuàn]	쥐다, 잡다
滞笨 [zhìbèn]	(동작이) 부드럽지 못하고 우둔하다
楼梯 [lóutī]	계단, 층계
摔倒 [shuāidǎo]	자빠지다, 엎어져 넘어지다
糊涂 [hútú]	어리둥절하다, 흐리멍텅하다
埋 [mái]	(땅에) 묻다, 묻히다

回民 [huímín]   회족, 회교도 *일반적으로 한족이면
                      서 회교도인 경우를 지칭함
动用 [dòngyòng]   (물자나 자금을) 유용(流用)하다, 사
                      용하다
捉摸 [zhuōmō]   짐작하다, 헤아리다
侮辱 [wǔrǔ]   모욕하다
愧怍 [kuìzuò]   부끄러워하다

张抗抗 (1950~)

出售与投资

　당대 여류작가. 浙江省 杭州 사람이다. 1969년 문화대혁명 시기에 中學을 졸업하고 黑龍江省 국영농장에서 약 8년간 노동을 하였다. 1977년 黑龍江省 藝術學校에 입학하여 문예 학습을 받았고 1979년 작가협회 黑龍江 分會 전업 작가가 되었다. 현재는 黑龍江省 작가협회 부주석 직책을 맡고 있고 국가 1급 작가로 활동하고 있다. 작품으로 소설집『夏』(1981),『張抗抗中篇小說集』(1982),『塔』(1985),『陀羅廈』(1991) 등과 산문집『大森林的主人』(1982),『橄欖』(1983),『地球人對話』(1986),『命運對你說: 不!』(1994),『張抗抗散文自選集』(1997),『女人說話』(1999) 등이 있다.

出售与投资

——女性话题之三

张抗抗

有年青的朋友告诉我，在她们女大学生宿舍，如果有校外的某某人来找她们中间的某一位，而此人不在，同学说你留个家的电话号码吧，那人回答说公用电话不好打；那你留个BB机号也行，那人说很抱歉本人没有BB机。——那就对不起了，实话对你说，你连个BB机都置不起，某某小姐根本连睬都不会睬你的。

如今小姐们心目中的理想情人，最低标准必须享有私人电话；最高标准自然无止无境，如住宅汽车存款一时未齐，最最起码也得有个"大哥大"。

妇女解放运动废除了包办婚姻买卖婚姻之后，妇女获得了自由择偶的权利，这权利发展到后来，逐步得到了充分使用：50年代的女人只要嫁一个革命领导干部，自己顿时也就革命了；60年代只要嫁一个家庭出身好的，自己也就变得干净；70年代如果嫁一个军人或是工宣队什么的，女人便真的身价百倍了。80年代的女人嫁一个知识分子，听上去就有了文化；到了90年代，女人只要嫁一个"大哥大"，就大哥大起来；女人即使一贫如洗，只要嫁个大款爷，自己也就成了款婆。

所以仔细想想，女人无论怎么柔弱怎么受男人压迫，有一种优越性确实是男人所不及的——女人在急于改变自己处境或是走投无路的情况下，最省时省力最现成最有效的做法就是嫁人。女人在不太老或不太丑的年龄，"性"是唯一的资源优势。

以男子为中心的历史悠久地写着：夫荣妻贵。这点东西方大同小异。男子慷慨的施予，是希望因此控制女人成为他们死心塌地的附属品。然而历史走到今天，社会结构虽然已经被迫作了调整，女人的心理却被上述的模式框定难以自拔。于是出现一个奇怪的现象，女人一边高喊着争取妇女解放，可是内心深处，其实恰恰是极甘于依赖、惯于投靠、乐于夫唱妻随、坐享其成什么的。

　　一次在德国，同一些职业妇女讨论女性问题。那时我最困惑的，是关于西方国家妇女的卖淫。对于妓女的认识，原本来自一些文学作品。小说中的女性，都是身世凄苦，被贫穷债务所迫，万般无奈下才误入风尘的。她们受尽摧残欺凌，确实令人同情。但我在生活中所见，却与此大为相异——女人并非为了活命，而是为了得到比一般劳动高得多的报酬去卖淫，不但完全自觉自愿，彼此甚至还千方百计相互竞争。于是我问，她们为什么非但一点也不水深火热而且如鱼得水乐此不疲，这些女人都怎么了？

　　她们回答说，虽然我不喜欢这样，但这是她自己的事。

　　也有人说，因为西方世界对女人的物质欲望刺激太强。女人有爱美的虚荣。

　　从奴隶社会到封建社会到商品社会，从东方到西方，依赖于男人生存的女人一直有各种理由和借口。你不知道女人究竟因什么而依赖，但依赖却是永远的。

　　再比如，有男子从海外回国来觅准备迎娶的女友，国内的女孩第一关心的是此人有无绿卡；第二是有无稳定的工作和收入；第三是是否已购下住房和汽车。至于文化程度、家庭背景、个人经历、品性长相等等根本无人过问。虽然这是一种青春与享乐的交易，有时甚至也挺公平，但为什么女人总喜欢一次性"付款"(也有分期付款)，将自己的灵肉作为抵押，高价出售而后一劳永逸；却不愿意以自己的聪明才智和创造性劳动作为投资，获得属于自己的股份或是资产或是成果呢？

记得我在几年前曾说过，我认为妇女解放真正的障碍在于妇女自身。

女人喜欢自怜自爱地扮演受苦受难的弱者形象，女人从不愿真实地解剖自己。有时女人在心理上故意误导自我的迷失，认为依赖是大自然雌性动物的天性，所以女人自立便是一种异化。我一向认为在人类发展进步的道路上，应当尽量保护那些属于自然和天性的东西，但恰恰在原始状态的动物世界里，"男"的和"女"的都必须自己奔波打食，独往独来，除了繁衍后代造窝哺乳外它们从不互相依赖——在这点上，动物的天性是完全自由的。而当"人"成为人成为高级动物之后，当商品和交换出现之后，女人才逐渐失去了自由沦为家庭和性的奴仆。

所以如果女人没有独立的自我意识，即使男人把天下的自由都给予你，你也永不会有心灵的自由。女人如果除了性资源外别无所有，那么只有出售自由来换取虚荣和财富。这便是女人比之男人更大的不幸和悲哀。

　　我在"如今谁甩谁"那篇随笔中说，如今女人有了选择的勇气和胆魄甚至不惜当一回"陈世美"，是社会的进步；但我在这里不得不说出关于选择的另一个方面，即女人在期待掌握自己命运的同时，却仍然把脖子上的项链作为绳索，交到男人手中，这难道真是女人无法摆脱的一个怪圈么？

(选自『命运对你说：不!—张抗抗随笔』，知识出版社1994年版)

▌生词

出售 [chūshòu]	팔다, 매각하다
睬 [cǎi]	거들떠보다, 관심을 가지다, 아는 체 하다
无止无境 [wúzhǐwújìng]	끝이 없다
存款 [cúnkuǎn]	예금, 저금
大哥大 [dàgēdà]	휴대전화, 핸드폰 *(=手机)
废除 [fèichú]	폐지하다, 없애다
包办 [bāobàn]	도맡아 하다. 독점·독단하다 *~婚姻: (본인의 의사와 상관없이) 부모가 독단적으로 정해주는 혼인
择偶 [zé'ǒu]	배우자를 선택하다
顿时 [dùnshí]	일시에, 갑자기
工宣队 [gōngxuānduì]	문화혁명시기의 "工人毛泽东宣传队"의 약칭
一贫如洗 [yīpínrúxǐ]	아무것도 없을 정도로 가난하다
大款爷 [dàkuǎnyé]	돈 많은 남자(남편)
款婆 [kuǎnpó]	돈 많은 여자(부인)
柔弱 [róuruò]	유약하다, 연약하다
压迫 [yāpò]	압박(하다), 억압(하다)
优越性 [yōuyuèxìng]	우월성
走投无路 [zǒutóuwúlù]	갈 곳이 없다, 궁지에 빠지다
省时 [shěngshí]	시간을 절약하다(덜다)
省力 [shěnglì]	힘을 덜다, 수월하다
现成 [xiànchéng]	이미 갖추어져 있다 *现成饭: 지어 놓은 밥. 힘 안 들이고 얻을 수 있는

이익, 불로소득

夫荣妻贵 [fūróngqīguì] 남편의 지위가 높아지면 아내의 지위도 따라서 귀하게 된다

慷慨 [kāngkǎi] 아끼지 않다, 후하게 대하다. 강개하다, 격앙되다

施予 [shīyú] 베풀어 주다

死心塌地 [sǐxīntādì] 끝까지, 변함없이, 죽을 때까지

附属品 [fùshǔpǐn] 부속물, 부속품

结构 [jiégòu] 구조

模式 [móshì] 모식, 표준양식, 패턴, 모델

自拔 [zìbá] (고통, 죄악에서) 스스로 헤어나다·벗어나다

甘于 [gānyú] …을 달가와 하다, …를 감수하다

依赖 [yīlài] 의지하다, 기대다, 의존하다

投靠 [tóukào] (남에게) 몸을 의탁(의지)하다

夫唱妻随 [fūchàngqīsuí] 부부가 화합하다 *(=夫唱妇随)

坐享其成 [zuòxiǎngqíchéng] 가만이 앉아서 남이 고생해서 얻은 성과를 누리다

卖淫 [màiyín] 매춘·매음(하다)

债务 [zhàiwù] 채무

万般无奈 [wànbānwúnài] 아무리 해도 어쩔 수 없다

风尘 [fēngchén] 세상의 속된 일, 속세간. (옛날) 창기의 생활

摧残 [cuīcán] 학대하다. 모욕(굴욕)을 주다

欺凌 [qīlíng] 얕보다, 업신여기다

千方百计 [qiānfāngbǎijì] 온갖 방법·계략(을 다하다)

水深火热 [shuǐshēnhuǒrè] 모진 고난에 빠지다, 심한 고통을 겪다

如鱼得水 [rúyúdéshuǐ] 고기가 물을 만난 것 같이 적합한 환경(사람)을 얻다

乐此不疲 [lècǐbùpí] 어떤 일이 좋아서 거기에 몰두하다
刺激 [cìjī] 자극(하다)
虚荣 [xūróng] 허영
借口 [jièkǒu] 핑계, 구실. 핑계·구실로 삼다
觅 [mì] 구하다, 찾다
绿卡 [lùkǎ] 외국인 영주 허가증
抵押 [dǐyà] 저당(하다)
一劳永逸 [yīláoyǒngyì] 한번 고생으로 영원히 편안해지다
股份 [gǔfèn] 주식, 출자금
扮演 [bànyǎn] …역을 맡아 하다
迷失 [míshī] (길·방향을) 잃다
雌性 [cíxìng] 암컷. 여성의 매력 *雄[xióng]: 수컷
奔波 [bēnbō] (생활을 위해) 바쁘게 뛰어 다니다
打食 [dǎshí] (새나 짐승이)먹이를 찾다
繁衍 [fányǎn] 번영하다, 널리 퍼지다
造窝 [zàowō] 보금자리를 만들다
哺乳 [bǔrǔ] 젖을 먹이다
奴仆 [núpú] 종, 노예
甩 [shuǎi] 내던지다. 떼버리다
胆魄 [dǎnpò] 담력과 기백
陈世美 [chénshìměi] (조강지처를 버리고) 변심한 남자.
연애·혼인 중 애정이 한결같지 않은
사람을 일컬음

项链 [xiàngliàn] 목걸이
绳索 [shéngsuò] 밧줄, 새끼

刘心武 (1942~)

让风吹过

　　당대작가. 四川省 城都 사람이다. 1961년 北京師範專科學校를 졸업하고 中學 교사를 역임하였고 문학 창작은 1958년부터 시작하였다. 1977년 단편소설『班主任』을 발표하여 중국 문단을 크게 놀라게 하였다. 이 작품과 후에 발표한『我愛每一片綠葉』은 모두 전국 우수 단편상을 수상하기도 하였다. 그는 문학창작 이외에도 1976년『十月』과 1987년『人民文學』에서 각각 편집과 주편을 담당하였다. 작품으로 중·단편소설집 『綠葉與黃金』(1980),『大眼猫』(1981),『如意』(1982),『一窗燈火』(1991)과 장편소설『鐘鼓樓』(1985), 산문집『垂柳集』,『巴黎郁金香』,『仰望蒼天』(1994) 등이 있다.

让风吹过

———

刘心武

　　俗话说"成年父子如兄弟"，我长到20多岁时，同已年近60的父亲之间，便应了这句话，形成了一种平等的关系，常似朋友般的聊天。父亲有一回就跟我说，他年轻时，一度十分崇拜当时的一位电影女明星，我便截断他的话头，猜说一定是胡蝶，要不就是阮玲玉。就是直到如今，我也很为自己所知道的这样一些明星名字而自豪。因为我生世晚，待到我能进电影院看电影时，胡蝶和阮玲玉的电影，早就没得放映了，我的同龄人里，那时能知道这样两个明星名字的人，大概已经很少；但父亲对我所说的这两位，却都摇头，他说他当年所崇拜的女明星，叫王汉伦，我便茫然了，甚至很唐突地说：王汉伦是谁？ 怕是个二三流的演配角的女孩吧？ 后来我读了一些有关中国电影发展史的书籍文章，才知道王汉伦曾经一度红艳耀眼到灼目的程度，那时代崇拜她的观众，又岂止我父亲一人？

但如同许许多多的明星名人一样，"昨夜的星辰已然坠落"，能始终令一代代一茬茬的人记得住永远崇拜的明星名人，经时间和人心的筛汰，往往所剩无多。往昔的热闹和繁华，大都随风而去，能够在一本专业性的史书中留下几行记载，或在一本并没有多少人经常翻查的辞典中留下一个简短的辞条，已属不易，更多的，往往是湮灭无闻。父亲青年时代崇拜过并以其银幕造型储留于父亲头脑中伴随父亲一生的影星王汉伦，已为我这下一代人所遗忘所轻视。这一小小的事实，常引出我对人世烟云浮荡散灭的深深惆怅。

远了不敢说，至少在本世纪以来，艺坛明星社会名人对一个正处在青春躁动期的青年人，常常有着超越政治、经济、社会、家庭的心理吸引力。"追星族"这个词儿也许是近年来才有的，但"追星族"却实实在在是"古已有之"，尤其是追舞台和荧屏之上的明星。我们略微翻阅一下有关的回忆录和轶事辑，便可以发现无数的例证，像当年就有并非多么阔绰的良家子弟，疯了似地追踪着要观赏梅兰芳的每一次演出；又比如当年的电影明星金焰，就不知道有多少青春玉女给他投寄过缠绵情书。但明星不断地更迭着，"追星族"也不断地重组着，社会生活不会真如枯井冰川，逝水日遥，新波旖旎，倘若有那追星者死心眼儿到星移而自僵，即形成某种"心理固置"，那就很容易自伤情感。倘若追星者竟错把明星名人这社会共享之尤物，当作是可以个人独专的物品，梦寐思服而外，还必欲据之而后快，例如男追星者死心眼儿地想真地亲吻、拥抱乃至同那女明星共缔鸳盟；女追星者死心眼儿地想让那男明星以"白马王子"的姿态把自己当作"灰姑娘"拥入怀中，严重的，便有可能因心理错位而导致精神失常。

我少年时代，住在北京钱粮胡同的一所大院之中。大院尽后头，住着一家人，他们兄弟姐妹数人，都生长得体格健壮、相貌端正，记得二哥是飞行员，三哥是大学生，几位姐妹，也都堪称窈窕淑女，或名花有主、或前途灿烂，唯独那位大哥，却仍储留家中同父母厮守，没有职业，亦不能操持家务，他每日三餐以外，大多数时间，都只是静静地坐在一只小木柜上发呆。我每当望见他时，总觉非常诧异。后来略大一些，听家里人议论，才知那位大哥少年时是个电影迷，凡当时能买到的电影类报刊及电影说明书，均搜罗备致，后来更迷恋上了一位女明星，朝思暮想，不能自已，曾写去过无数情书，当然是泥牛入海，绝无半点反馈，也曾试图寻机去同那女明星接触，但都告失败。据说他曾对家人说，哪怕在追求中让那女明星当众扇一记耳光，他不仅心甘情愿，而且只当是一回热吻，但他就连那一记耳光或一次白眼也未曾获得过，于是他便决心为那女明星而死。家人慌了，后来大概是只好骗他，说那女明星终于知道了他那比山高比海深的恋情，决定息影后便来找他同缔良缘，白头偕老，劝他耐心等待。他这才放弃了自杀的念头，但从此便日日夜夜痴痴地等待起来，到我看到他时，他大约已等了20多年，头发全都花白。据说他每天所坐等的那只小木柜中，便是他所搜罗到的有关那女明星的全部画报、画页和电影说明书及从街上买来的玉照。后来我家搬离了那个院子。关于后院大哥的这一人生景观所带给我的刺激和惆怅，深而细、强而稠。特别令我无限叹息的是，他所迷恋过的那位女明星，不仅早就如流星般倏忽消失，如今一本简略点的电影史里，简直就捞不出半句议及她的内容，而一本有关的厚达三四百页的辞书里，也根本没有她的辞条。

我们毕竟都生活在一个明星和名人高悬照耀的社会环境里，赏星、崇星乃至于追星，本是不足为奇的心理，在青少年时期，甚至是一种不可抑制亦不必抑制的本能。但我们要注意，一不要心理固执，二不要想入非非，要懂得明星和名人是一种社会共享物，他或她是不可能成为我们一个不相干的追星者所专有的，我们从对他们的欣赏、崇拜中，可以获得教益，获得美感，获得怡悦，获得联想，却几乎绝对地没有可能也没有必要把我们的生命本体与他们的星体熔为一炉。

"追星族"，又称"发烧友"，作为坠入其中的一员，只可随风而舞，而不可随"疯"自焚，让年轻的心灵在某一天终于成熟，终于不再发烧，让狂热的旋风吹过去吧，留下的，应是甜蜜的自嘲，和恰到好处的惆怅。

(选自『仰望苍天—刘心武随笔』，知识出版社1994年版)

生词

截断 [jiéduàn]	판단하여 결정하다
胡碟 [Húdié]	(人名) *여배우
阮玲玉 [Ruǎnlíngyù]	(人名) *여배우
王汉伦 [Wánghànlún]	(人名) *여배우
茫然 [mángrán]	무지하다, 멍청하다. 막연하다
唐突 [tángtū]	거스르다, 저촉하다. 당돌하다
配角 [pèijué]	조연, 보조역
红艳 [hónyàn]	대단히 붉고 아름답다
耀眼 [yàoyǎn]	눈부시다
灼 [zhuó]	그을리다, 태우다
岂止 [qǐzhǐ]	어찌…뿐이겠는가?
已然 [yǐrán]	이미 그러하다(그렇게 되다)
堕落 [duòluò]	떨어지다, 쇠락하다. 타락하다
茬 [chá]	한 해에 짓는 농사 횟수나 사람의 한 세대를 나타내는 양사
筛汰 [shāitài]	걸러 없애다(도태시키다)
翻查 [fānchá]	책을 펴서 조사하다
所剩无多 [suǒshèngwúduō]	남은 것이 얼마되지 않다
湮灭无闻 [yānmièwúwén]	없어져서 이름도 알 수 없다
银幕 [yínmù]	은막. 스크린 *(=影幕)
储留 [chǔliú]	간직하다, 저장하여 남기다
伴随 [bànsuí]	동반하다
浮荡 [fúdàng]	흔들거리다, 떠돌다
散灭 [sànmiè]	흩어져 소멸되다(없어지다)
惆怅 [chóuchàng]	실망·낙담하는 모양, 슬퍼하는 모양

躁动 [zàodòng]	조급하게 돌아다니다, 쉬지 않고 뛰어다니다
追星族 [zhuīxīngzú]	스타들을 추종하는 열성팬 (=发烧友 [fāshāoyǒu])
古已有之 [gǔyǐyǒuzhī]	옛날부터(중국에도) 있었다 *중국인이 외국 것을 보고 지기 싫어서 억지로 쓰는 표현
荧屏 [yíngpíng]	스크린
轶事 [yìshì]	일화, 알려지지 않은 사실
阔绰 [kuòchuò]	사치스럽다, 호사스럽다
梅兰芳 [Méilánfāng]	(人名) *경극배우
金焰 [jīnyàn]	(人名) *남자배우
玉女 [yùnǚ]	미녀. 남의 딸에 대한 경칭
缠绵 [chánmián]	(병·감정에) 빠지다, 사로잡히다
更迭 [gēngdié]	경질, 교체
枯井 [kūjǐng]	마른 우물
冰川 [bīngchuān]	빙하
逝水 [shìshuǐ]	흐르는 물
旖旎 [yǐnǐ]	(깃발이) 바람에 나부끼는 모양
倘若 [tǎngruò]	만약(만일, 가령)…한다면
死心眼儿 [sǐxīnyǎnr]	완고하다, 고지식하다, 융통성이 없다
尤物 [yóuwù]	특출한 인물
梦寐 [mèngmèi]	꿈(속)
共缔鸳盟 [gòngdìyāngméng]	결혼하다 *缔盟: 동맹을 맺다
灰姑娘 [Huīgūniáng]	신데렐라
导致 [dǎozhì]	야기하다, 초래하다
堪称 [kānchēng]	…라 칭할 수 있다
名花有主 [mínghuāyǒuzhǔ]	예뻐서 짝이 있다 *名花: 아름다워 이름난 꽃. 미녀

灿烂 [cànlàn] 　　　　　　찬란하다

厮守 [sīshǒu] 　　　　　　지키다, 돌보다 *厮: 사내종, 하인

操持 [cāochí] 　　　　　　처리하다, 관리하다

诧异 [chàyì] 　　　　　　의아하게 여기다, 이상하게 여기다

搜罗 [sōuluó] 　　　　　　찾아서 모으다, 수집하다

迷恋 [míliàn] 　　　　　　미련을 갖다, 연연해 하다

朝思暮想 [zhāosīmùxiǎng] 　　늘 그리워하다

泥牛入海 [níniúrùhǎi] 　　　한번 가면 다시는 돌아오지 않다, 함
　　　　　　　　　　　　　　홍차사

半点 [bàndiǎn] 　　　　　　지극히 적은, 한치의

反馈 [fǎnkuì] 　　　　　　귀환(feedback)

寻机 [xúnjī] 　　　　　　기회를 찾다

心甘情愿 [xīngānqíngyuàn] 　(기꺼이)진심으로 바라다

扇 [shān] 　　　　　　　　손바닥으로 때리다 *(=搧)

白眼 [báiyǎn] 　　　　　　냉대해 보는 눈

良缘 [liángyuán] 　　　　　좋은 인연(연분)

白头偕老 [báitóuxiélǎo] 　　백년해로 하다

玉照 [yùzhào] 　　　　　　존영 *남의 사진에 대한 경칭

倏忽 [shūhū] 　　　　　　별안간, 갑자기

抑制 [yìzhì] 　　　　　　억압·억제(하다)

想入非非 [xiǎngrùfēifēi] 　　헛된 생각을 하다

怡悦 [yíyuè] 　　　　　　기쁘다 *(=夷悦)

旋风 [xuánfēng] 　　　　　선풍. 회오리 바람

恰到好处 [qiàdàohǎochù] 　　꼭 알맞다, 아주 적당하다

徐锦江 (1962~)

流寓

1984년 복단대학 중문과를 졸업하고 『解放日報』 국내부 주임기자로 활동하고 있다. 최근에는 『申江服務導報』의 副총편집도 담당하고 있다. 작품으로는 소설 『世路』, 이론집 『話說流言蠻語』, 산문집 『遠方的上海』 등이 있으며 본서에서 선별한 산문 「流寓」는 최근 중국에서 출간하는 당대 우수 산문집에 자주 선별되는 작품이기도 하다.

流寓

徐锦江

　　第一次坐在候机室里，那时候离起飞还有一个多小时，离家的人们和回家的人们聚集在一起默默地等候，大厅里弥漫着焦虑和无所事事的气氛，显示航班信息的电视屏幕前不时聚散着人群。我坐在2号窗靠机坪的一张座位上，这儿乘客稀疏，而又可以望见空旷的户外，我感到一种意外的兴奋和热望，我将去南方的一个城市工作，这一使命可以使我暂时脱离一下家庭的义务和机械的处境，重新找回一种生活的权利。我把儿子、房子、票子留给了妻子，觉得身轻如燕。

　　飞机冲上一万多米高空，我解开安全带，拉起舱门，异常耀眼的阳光顷刻穿透进来，雪浪般的云层为我隔绝出一个无瑕的独步世界，真是太美妙了，一种喜悦几乎要脱口而出。

然后第二次，我坐在候机室里，人群嘈杂，富起来的人们把机场也变成了火车站，各种箱包捎着南方的物质堆放在过道上。人群中的我洋溢着另一种喜悦和渴盼，回家了，又可以见到那个拥挤的家和形影不离的亲人了。在外面的时候，孤单拉长的夜晚，思念见缝插针。那天接到妻子的来信，我慌慌张张地拴上门，就像偷阅一封情人的密件，妻在信中描绘了儿子的憨态，竟使我独自咯咯笑出声来，纸片和汉字使昏暗的客房一下子变得明亮，真该感谢古老的发明家。而现在，很快又可以触摸到真实的妻儿了，我试着为妻子描述到过的那座城市，那是座充满喧闹和骚动的城市，没有白昼和夜晚的区别，那里更适合"骚动的心"和富起来的人们。那里的生活方式要简单许多：外向、实际、直观，不像我们出生的城市这样层次繁复，结构缜密，人人包裹着许多服装。

第三次坐在候机室里，远方有一座城市在等待我，而那远方又会把我身后的城市变成一个远方。我清楚地知道，几个小时后，我将准确地到达那座城市，到达那幢楼，那间房，见到那些已经熟识的人们，他们也是从这座城市出发的，他们将仔细而急切地询问我出发前那座城市的情况：物价、天气，还有其他许多，他们会从中比较，判别蛛丝马迹的变化，然后，我将融入他们一起过一段日子，也像他们那样关注我出生的那座城市的消息，怀念过去的生活和亲人，甚至怀念某种陈旧和仅仅因为熟悉而变得美好的生活方式，并无二致。

　　或许是第四次，我坐在候机室里，那里已经变成了一个老地方，那口电子钟，那南方的语言，甚至那个走来走去的机场保安，都变成了熟谂之物，碰巧，我还能找到一两个曾经邂逅过的脸庞。我已有了区分乘客的经验，有一次，飞机误点，我在机场整整守了一天，我试着猜测周围的人，哪是回家的，哪是离家的，从后来短暂的交谈中，居然证实了不少，那些离家的，或多或少带着些浪漫情致，脸色和眼神更游移冲动一些；而那些回家的，面色则显得平静和松弛，行为举止要真实得多。

　　我不再区分是第几次坐在候机室，我漠然坐在人群中，我已经习惯了流寓生活，习惯了做一个匆匆的行路人，一个不讲究目的地的漫游者，而习惯意味着厌倦。

最后一次坐在候机室，那是一次夜航，我们从通道走进机舱，两小时的飞行中我没有任何心情，降落时，飘泊的雨珠打在机翼上泫然作响，而舱内却阒寂无声，当地面潮湿的灯光出现时，我突然间又产生了一种莫名的感动，一年的流寓生涯行将结束，我又将回到我熟悉的锚地，在那里重新拾回昨天的日子，一切都好像不曾发生过。

但是我想，还会有某个人在某一个时刻坐在候机室里，默默地等候出发，混在人群中你分不清他是谁。

(选自『解放日报』1994年4月5日版)

| 生词

流寓 [liúyù]	객지에서 (임시로) 살다
候机室 [hòujīshì]	공항대합실
弥漫 [mímàn]	자욱하다
焦虑 [jiāolǜ]	마음을 졸이다, 가슴을 태우다
无所事事 [wúsuǒshìshì]	아무 일도 하지 않다
聚散 [jùsàn]	집합과 분산
机坪 [jīpíng]	비행기가 손님을 태우거나 내리게 할 때 서 있는 평평한 곳
稀疏 [xīshū]	드물다, 희소하다
空旷 [kōngkuàng]	광활하다, 넓디 넓다
耀眼 [yàoyǎn]	눈부시다
顷刻 [qǐngkè]	눈깜짝할 사이, 순식간에
穿透 [chuāntòu]	꿰뚫다, 관통하다
隔绝 [géjué]	단절시키다, 차단하다
瑕 [xiá]	옥의 티, 흠
脱口而出 [tuōkǒuérchū]	무의식 중에 말이 나오다, 생각하지 않고 말하다
嘈杂 [cáozá]	소란하다, 시끄럽다
捎 [shāo]	가는(오는) 길에 가져 가다(오다). 덧붙여 묶다
洋溢 [yángyì]	충만하다, 가득 넘쳐 흐르다
渴盼 [kěpàn]	갈망(하다)
拥挤 [yōngjǐ]	밀치락달치락하다. 붐비다
形影不离 [xíngyǐngbùlí]	그림자처럼 따라다니다. 아주 사이가 좋다

见缝插针 [jiànféngchāzhēn]	이용할 수 있는 시간이나 공간을 모두 이용하다
拴上 [shuānshàng]	(줄·새끼 따위를 어떤 곳에) 걸다
憨态 [hāntài]	천진한 태도. 어리석은 태도
咯咯 [gēgē]	껄껄(웃음소리)
触摸 [chùmō]	접촉하다, 닿다
喧闹 [xuānnào]	떠들썩하다, 왁자지껄하다
骚动 [sāodòng]	소동을 일으키다, 소란을 피우다
缜密 [zhěnmì]	세밀하다, 치밀하다
蛛丝马迹 [zhūsīmǎjì]	거미줄과 말 발자국. 단서, 실마리
陈旧 (chénjiù)	낡은, 케케묵은
二致 [èrzhì]	다르다, 일치하지 않다
熟谂 [shúshěn]	익숙하게 알다
碰巧 [pèngqiǎo]	공조롭게, 때 마침
邂逅 [xièhòu]	해후하다, 우연히 만나다
脸庞 [liǎnpáng]	얼굴, 얼굴의 윤곽(=脸盘儿)
游移 [yóuyí]	주저하다, 머뭇거리다
松弛 [sōngchí]	느슨하다. 해이하다
漠然 [mòrán]	개이치 않는 모양, 무관심한 모양
漫游 [mànyóu]	자유로이 유람하다
厌倦 [yànjuàn]	싫증나다, 진저리가 나다
飘泊 [piāobó]	유랑하다, 떠돌아 다니다
机翼 [jīyì]	비행기의 날개
泫然 [xuànrán]	(눈물이)뚝뚝 떨어지는 모양
阒寂 [tiánjì]	아주 적막하다, 고요하다
行将 [xíngjiāng]	바야흐로, 머지않아
锚地 [máodì]	정박지, 정착지

■ 홍석표(洪昔杓)

서울대학교 중문학과 졸업

서울대 대학원 중문과 석사과정 졸업

서울대 대학원 중문과 박사과정 졸업(문학박사)

現 강릉대학교 중문학과 교수

저서: 『中國의 近代的 文化意識 形成에 관한 연구』(중국도서문화중심)

역서: 『중국당대신시사』(신아사), 『무덤』(선학사)

■ 구광범(具洸範)

동국대학교 중문학과 졸업

中國 黑龍江大學 中文系 석사과정 졸업

中國 華東師範大學 中文系 박사과정 졸업(문학박사)

現 관동대학교 중국학과 교수

저서: 『漢語情景會話』(중문), 『21세기 中國語』(선학사)

中國現當代散文 읽기

편저자 • 홍석표 · 구광범

초판 인쇄일 • 2002년 8월 20일

초판 발행일 • 2002년 8월 25일

펴낸곳 • 선학사

펴낸이 • 이찬규

주소 • 서울시 용산구 한강로 1가 141-3번지

전화 • (02) 795-0350

팩스 • (02) 795-0210

등록 • 제10-1519호

ISBN • 89-8072-110-2 03820

값 10,000원

• 잘못된 책은 바꾸어 드립니다.